CHAPSAL, ÉDITEUR, RUE POISSONNIÈRE, 29

PARC DE MM. VOISINS ET FALRET A VANVES.

DELILLE.

LES JARDINS

ILLUSTRÉS PAR THÉNOT.

PROSPECTUS.

Au moment où l'attention publique se porte plus que jamais vers tout ce qui a rapport à l'horticulture, nous avons cru devoir donner une nouvelle édition du poëme qui a le plus contribué à ce mouvement, en réunissant sous une forme attrayante et ingénieuse les divers préceptes de l'art de composer les jardins, et en frappant du sceau du ridicule ce que le mauvais goût de quelques artistes du dernier siècle y avait fait introduire.

Ce n'est pas à nous qu'il appartient de faire l'éloge d'un ouvrage dont plus de trente éditions ont été successivement épuisées. Nous laissons au poëte le soin de répondre aux observations de ses critiques, comme il l'a fait avec tant de bonheur et de réserve dans sa préface que nous reproduisons textuellement.

Nous nous bornerons à présenter quelques explications au sujet du genre d'illustration que nous avons cru devoir employer.

Nos dessins, que rien en apparence ne rattache au poëme, s'y trouvent cependant étroitement liés par un double but.

D'abord, en reproduisant d'après nature, et avec la plus grande exactitude possible, les parcs et jardins les plus remarquables des environs et même de l'intérieur de la capitale, notamment trois vues intérieures du parc du roi à Neuilly, dont aucun dessin n'a encore été publié, nous avons voulu prouver par des exemples que, contrairement à l'opinion de presque tous les écrivains qui se sont occupés de l'ouvrage que nous publions, les préceptes donnés par le poëte pouvaient être et ont été en effet souvent mis en pratique, quelle que fût d'ailleurs l'étendue du terrain.

D'un autre côté, nous avons voulu faciliter leur application aux artistes à venir, en leur montrant le résultat des travaux exécutés par leurs devanciers.

C'est aussi dans ce but que nous avons ajouté à la suite des notes un appendice sur l'art de corriger les défauts d'un terrain de peu d'étendue, et de simuler des perspectives lorsque l'emplacement n'en offre pas de véritables.

Cet appendice, dû à la plume élégante et au travail consciencieux de notre dessinateur, résumera d'une manière claire et abrégée tout ce que les progrès de l'horticulture, depuis la mort de Delille et les patientes recherches des botanistes voyageurs modernes, ont ajouté dans ces derniers temps aux moyens déjà connus du vivant du poëte.

De nombreuses variantes, collationnées avec le plus grand soin, ainsi que les notes de l'auteur, et quelques notes additionnelles sur les parcs et jardins représentés par nos gravures, rendront notre édition aussi complète que possible.

Sous le rapport matériel, nous avons fait tous nos efforts pour la mettre au niveau des plus belles publications illustrées : le texte sera imprimé en caractères neufs, sur très-beau papier d'un format spécial ; les vignettes en taille-douce seront tirées par MM. Bougeard et Chardon jeune.

Le nom de M. Thénot, dont les travaux comme professeur de perspective ont rendu le talent si populaire, répond assez de la beauté de nos dessins.

Les plus célèbres graveurs de France, d'Angleterre et d'Allemagne ont bien voulu se charger de leur reproduction sur bois ou sur acier.

Il nous suffira de nommer entre autres MM. Aubert, père et fils, Authwaite, Chollet, Devilliers, Formster, Ransonnette, Schrœder, etc., pour les aciers ; et MM. Brugnot, Écosse, Gérard, Lacoste, Quichon, Rose, etc., pour les bois.

Le poëme des JARDINS formera un très-beau volume grand in-8°, jésus vélin, orné de vignettes sur bois dans le texte, et de quinze magnifiques gravures sur acier, tirées à part.

Chaque livraison sera composée de deux ou trois feuilles de texte, et d'une gravure sur acier.

L'ouvrage complet formera quinze livraisons, et sera terminé le 9 décembre.

Prix de la livraison : pour Paris, 1 franc, et pour les départements, 1 franc 20 centimes par la poste.

Le volume broché, 15 francs, et 17 francs par la poste.

En payant les quinze livraisons d'avance, nos abonnés de Paris les recevront franco chaque semaine, à domicile.

ON SOUSCRIT A PARIS,

CHEZ MESSIEURS :

CHAPSAL, LIBRAIRE-ÉDITEUR, RUE POISSONNIÈRE, 29 ;

AMABLE RIGAUD, passage Vivienne ;
DUTERTRE, passage Bourg-l'Abbé ;
MARTINON, rue du Coq-Saint-Honoré, 4 ;

PAUL MASGANA, galerie de l'Odéon ;
PILOUT et Cᵉ, rue de la Monnaie, 4 ;
POIRÉE, rue Croix-des-Petits-Champs ;

Et chez tous les Libraires dépositaires de Publications pittoresques.

Imprimerie de RENNOYER et TURPIN, rue Lemercier, 24, Batignolles.

LES

JARDINS

IMPRIMERIE DE HENNUYER ET TURPIN, RUE LEMERCIER, 21.
Batignolles.

LES

JARDINS

OU

l'Art d'embellir les Paysages

PAR

DELILLE.

Jardin de l'Archevêque de Paris, à St Germain-en-Laye.

Paris,

CHAPSAL, Editeur, Rue Poissonnière, 29.

1843

LES

JARDINS

ou

L'ART D'EMBELLIR LES PAYSAGES

POÈME

PAR DELILLE

PARIS

CHAPSAL, LIBRAIRE-ÉDITEUR,

RUE POISSONNIÈRE, 29.

1844
1843

Thénot del.   Aubert père sc.

Le Pont de bateaux, Domaine privé du Roi,
à Neuilly.

Chapsal, Editeur.

Imp. par Boucant.

JARDIN DU MINISTÈRE DE L'INTÉRIEUR, A PARIS.

PRÉFACE.

Plusieurs personnes d'un grand mérite ont écrit en prose sur les jardins. L'auteur de ce poëme leur a emprunté quelques préceptes, et même quelques descriptions : dans plusieurs endroits, il a eu le bonheur de se rencontrer avec elles; car son poëme a été commencé avant que leurs ouvrages parussent. Il ne dissimulera pas que c'est avec la plus grande défiance qu'il livre à l'impression cet ouvrage, trop attendu, et surtout trop loué. L'indulgence extrême de ceux qui l'ont entendu lui est un garant trop sûr de la rigueur de ceux qui le liront.

Ce poëme d'ailleurs a un très-grand inconvénient, celui d'être un poëme didactique. Ce genre est nécessairement un peu froid, et doit le paraître encore davantage à une nation qui ne supporte guère, comme on l'a souvent remarqué, que les vers composés pour le théâtre, et qui sont la peinture des passions ou des ridicules. Peu de personnes, je dirais même peu de gens de lettres lisent les *Géorgiques* de Virgile, et tous ceux qui connaissent la langue latine savent par cœur le quatrième livre de l'*Énéide*.

Dans le premier de ces deux poëmes, le poëte paraît regretter que les bornes de son sujet ne lui permettent pas de chanter les jardins. Après avoir lutté longtemps contre les détails un peu ingrats de la culture générale des champs, il semble désirer de se reposer sur des objets plus riants; mais, resserré dans les limites de son sujet, il s'en est dédommagé par une esquisse rapide et charmante des jardins, et par ce touchant épisode d'un vieillard heureux dans son petit enclos cultivé par ses mains.

Ce que le poëte romain regrettait de ne pouvoir faire, le P. Rapin l'a exécuté : il a écrit, dans la langue et quelquefois dans le style de Virgile, un poëme en quatre chants sur les jardins, qui eut un grand succès dans un temps où on lisait encore les vers latins modernes. Son ouvrage n'est pas sans élégance; mais on y désirerait plus de précision et des épisodes plus heureux.

Le plan de son poëme manque d'ailleurs d'intérêt et de variété. Un chant tout entier est consacré aux eaux, un aux arbres, un aux fleurs. On devine d'avance ce long catalogue et cette énumération fastidieuse qui appartient plus à un botaniste qu'à un poëte; et cette marche méthodique, qui serait un mérite dans un traité en prose, est un très-grand défaut dans un ouvrage en vers, où l'esprit demande qu'on le mène par des routes un peu détournées, et qu'on lui présente des objets inattendus.

De plus, il a chanté les jardins du genre régulier; et la monotonie attachée à la grande régularité a passé du sujet dans le poëme. L'imagination, naturellement amie de la liberté, tantôt se promène péniblement dans les dessins contournés d'un parterre, tantôt va expirer au bout d'une longue allée droite. Partout elle regrette la beauté un peu désordonnée et la piquante irrégularité de la nature.

Enfin il n'a traité que la partie mécanique de l'art des jardins : il a entièrement oublié la partie la plus essentielle, celle qui cherche dans nos sensations, dans nos sentiments, la source des plaisirs que nous causent les scènes champêtres et les beautés de la nature perfectionnées par l'art. En un mot, ses jardins sont ceux

de l'architecte ; les autres sont ceux du philosophe, du
peintre et du poëte.

Ce genre a beaucoup gagné depuis quelques années ;
et, si c'est encore un effet de la mode, il faut lui rendre
grâce. L'art des jardins, qu'on pourrait appeler le luxe
de l'agriculture, me paraît un des amusements les plus
convenables, je dirais presque les plus vertueux, des
personnes riches. Comme culture, il les ramène à l'innocence des occupations champêtres ; comme décoration, il favorise sans danger ce goût de dépenses qui
suit les grandes fortunes ; enfin il a, pour cette classe
d'hommes, le double avantage de tenir à la fois aux
goûts de la ville et à ceux de la campagne.

Ce plaisir des particuliers s'est trouvé joint à l'utilité
publique : il fait aimer aux personnes opulentes le séjour de leurs terres. L'argent qui aurait entretenu les
artisans du luxe va nourrir les cultivateurs, et la richesse retourne à sa véritable source. De plus, la culture s'est enrichie d'une foule de plantes ou d'arbres
étrangers ajoutés aux productions de notre sol, et

cela vaut bien tout le marbre que nos jardins ont
perdu.

Heureux si ce poëme peut répandre encore davantage ces goûts simples et purs! car, comme l'auteur
de ce poëme l'a dit ailleurs :

Qui fait aimer les champs fait aimer la vertu.

Tel était l'avertissement mis à la tête des premières
éditions de cet ouvrage. L'auteur a cru devoir y ajouter
ce qui suit :

Quelques littérateurs anglais ont pensé que j'avais
pris l'idée et plusieurs détails de ce poëme dans celui
qu'a composé sur le même sujet M. Mason, digne ami
de Gray. C'est avec plaisir que je rends justice à quantité de beaux vers qui distinguent cet ouvrage; mais je
déclare que, longtemps avant d'avoir lu le poëme de
M. Mason, j'avais composé le mien, et que je l'avais ré-
cité dans plusieurs séances publiques de l'Académie
française et du Collége royal, auxquels j'avais l'honneur d'appartenir.

Cette nouvelle édition a été retardée par des obstacles imprévus dont le détail est inutile. La faiblesse de mes yeux et de mes moyens m'ayant empêché de visiter, comme je me l'étais promis, les plus beaux jardins de l'Angleterre, je n'en ai cité qu'un petit nombre, célèbres par leur beauté ou par les souvenirs qu'ils rappellent : tels sont Bleinhem; Stow, et le jardin de Pope, si heureux d'appartenir à un homme plein de goût, qui, en conservant religieusement la demeure et les jardins de ce grand poëte, rend à sa mémoire l'hommage à la fois le plus simple et le plus honorable. Les premiers monuments d'un écrivain fameux sont la maison qu'il a bâtie, les jardins qu'il a plantés, la bibliothèque qu'il a formée : c'est là, si l'on croyait encore aux ombres, qu'il faudrait chercher la sienne.

Je ne dois pas oublier d'avertir que, ce poëme ayant été publié en 1782, cette époque, à laquelle se rapportent des morceaux les plus distingués de l'ouvrage, m'a imposé la loi de ne rien admettre qui lui fût postérieur dans les additions que j'y ai faites. Ainsi, quand j'ai parlé des jardins d'Allemagne, tout ce que j'en ai

b

dit a dû s'y rapporter. Je ne me suis permis que deux
exceptions à cette unité d'époque ; l'une dans l'épisode
des religieux de la Trappe; l'autre dans quelques vers
sur le charmant jardin de la Colline. J'ai usé, dans ces
deux passages, de ce privilége d'esprit prophétique
qu'on attribuait autrefois aux poëtes, et j'ai présenté
les faits qu'ils rappellent, non comme avenus, mais
comme pouvant arriver, et par là l'unité d'époque se
trouve conservée autant qu'elle pouvait l'être.

Je crois que c'est ici le lieu de rapporter la réponse
que j'ai faite, dans la préface de l'*Homme des Champs*,
à M. de Maistre, qui a regardé comme peu intéressant
le sujet du poëme des Jardins. Cette allégation est tellement importante, que je ne dois pas perdre l'occasion
de reproduire les réflexions qu'elle a occasionnées.
M. de Maistre veut-il dire que ce genre de poésie ne
peut exciter ces secousses fortes et ces impressions
profondes réservées à d'autres genres de poésies? Je suis
de son avis. Mais n'y a-t-il que ce genre d'intérêt? Eh
quoi! cet art charmant, le plus doux, le plus naturel et
le plus vertueux de tous, cet art que j'ai appelé ailleurs

le luxe de l'agriculture, que les poëtes eux-mêmes ont peint comme le premier plaisir du premier homme, ce doux et brillant emploi de la richesse des saisons et de la fécondité de la terre, qui charme la solitude vertueuse, qui amuse la vieillesse détrompée, qui présente la campagne et les beautés agrestes avec des couleurs plus brillantes, des combinaisons plus heureuses, et change en tableaux enchanteurs les scènes de la nature sauvage et négligée, serait sans intérêt! Milton, Le Tasse, Homère, ne pensaient pas ainsi, lorsque, dans leurs poëmes immortels, ils épuisaient sur ce sujet les trésors de leur imagination. Ces morceaux, lorsqu'on les lit, retrouvent ou réveillent dans nos cœurs le besoin des plaisirs simples et naturels. Virgile, dans ses Géorgiques, a fait d'un vieillard qui cultive, au bord du Galèse, le plus modeste des jardins, un épisode charmant, qui ne manque jamais son effet sur les bons esprits et les âmes sensibles aux véritables beautés de l'art et de la nature.

Ajoutons qu'il y a dans tout ouvrage de poésie deux sortes d'intérêt, celui du sujet, et celui de la composi-

tion. C'est dans les poëmes du genre de celui que je
donne au public que doit se trouver au plus haut degré
l'intérêt de la composition. Là vous n'offrez au lecteur
ni une action qui excite vivement la curiosité, ni des
passions qui ébranlent fortement l'âme. Il faut donc
suppléer cet intérêt par les détails les plus soignés, et
par les agréments du style le plus brillant et le plus
pur. C'est là qu'il faut que la justesse des idées, la viva-
cité du coloris, l'abondance des images, le charme de
la variété, l'adresse des contrastes, une harmonie enchanteresse, une élégance soutenue, attachent et réveillent continuellement le lecteur ; mais ce mérite demande l'organisation la plus heureuse, le goût le plus
exquis, le travail le plus opiniâtre : aussi les chefs-
d'œuvre en ce genre sont–ils rares. L'Europe compte
deux cents bonnes tragédies : les Géorgiques et le
poëme de Lucrèce, chez les anciens, sont les seuls monuments du second genre ; et, tandis que les tragédies
d'Ennius, de Pacuvius, la Médée même d'Ovide, ont
péri, l'antiquité nous a transmis ces deux poëmes ;
il semble que le génie de Rome ait encore veillé sur sa
gloire, en nous conservant ces chefs–d'œuvre. Parmi

les modernes nous ne connaissons guère que les deux
poëmes des *Saisons,* anglais et français, *l'Art poétique*
de Boileau, et l'admirable *Essai sur l'Homme,* de Pope,
qui aient obtenu et conservé une place distinguée
parmi les ouvrages de ce genre de poésie.

Un auteur justement célèbre, dans une épître imprimée longtemps après des lectures publiques de quelques parties de cet ouvrage, a paru vouloir déprécier
ce genre de composition : il nous apprend que le sauvage lui-même chante sa maîtresse, ses montagnes,
son lac, ses forêts, sa pêche et sa chasse. Quel rapport,
bon Dieu ! entre la chanson informe de ce sauvage, et
le talent de l'homme qui sait voir les beautés de la nature avec l'œil exercé de l'observateur, et les rendre
avec la palette de l'imagination ; les peindre tantôt
avec les couleurs les plus riches, tantôt avec les nuances
les plus fines ; saisir cette correspondance secrète,
mais éternelle, qui existe entre la nature physique et
la nature morale, entre les sensations de l'homme et
les ouvrages d'un Dieu ; quelquefois sortir heureusement de son sujet par des épisodes, qui s'élèvent jus-

.qu'à l'intérêt de la tragédie, ou jusqu'à la majesté
de l'épopée! C'est ici le lieu de répondre à quelques
critiques, au moins rigoureuses, qu'on a faites du
poëme des Jardins. Peut-être est-il permis, après
quinze ans de silence, de chercher à détruire l'impression fâcheuse que ces critiques ont pu faire.

Les uns lui ont reproché le défaut de plan. Tout
homme de goût sent d'abord qu'il était impossible de
présenter un plan parfaitement régulier en traçant des
jardins, dont l'irrégularité pittoresque et le savant désordre font un des premiers charmes. Lorsque Rapin a
écrit un poëme latin sur les jardins réguliers, il lui a
été facile de présenter dans les quatre chants qui le
composent, 1° les fleurs; 2° les vergers; 3° les eaux;
4° les forêts. Il n'y a à cela aucun mérite, parce qu'il
n'y a aucune difficulté. Mais dans les jardins pittoresques et libres, où tous ces objets sont souvent mêlés ensemble, où il a fallu remonter aux causes philosophi-
ques du plaisir qu'excite en nous la vue de la nature
embellie et non pas tourmentée par l'art, où il a fallu
exclure les alignements, les distributions symétriques,

les beautés compassées, un autre plan était nécessaire.

L'auteur a donc montré dans le premier chant l'art
d'emprunter à la nature, et d'employer heureusement
les riches matériaux de la décoration pittoresque des
jardins irréguliers; de changer les paysages en tableaux; avec quel soin il faut choisir l'emplacement et
le site, profiter de ses avantages, corriger ses inconvé-
nients; ce qui, dans la nature, se prête ou résiste à l'i-
mitation; enfin, la distinction des différents genres de
jardins et de paysages, des jardins libres et des jardins
réguliers.

Après ces leçons générales, viennent les différentes
parties de la composition pittoresque des jardins : ainsi
le second chant a tout entier pour objet les plantations,
la partie la plus importante du paysage, et la beauté des
perspectives et des vues étrangères qui dépendent de
l'artifice des plantations.

Le troisième renferme des objets dont chacun n'aurait pu remplir un chant sans tomber dans la stérilité et la monotonie : tels sont les gazons, les fleurs, les rochers et les eaux.

Le quatrième chant enfin contient la distribution des différentes scènes majestueuses ou touchantes, voluptueuses ou sévères, mélancoliques ou riantes ; l'artifice avec lequel doivent être tracés les sentiers qui y conduisent ; enfin ce que les autres arts, et particulièrement l'architecture et la sculpture, peuvent ajouter à l'art des paysages. Ce qu'il y a de remarquable, c'est que, sans que l'auteur se le soit proposé, ce plan, accusé de désordre, se trouve être parfaitement le même que celui de l'Art poétique, si vanté pour sa régularité. En effet, Boileau, dans son premier chant, traite des talents du poëte et des règles générales de la poésie ; dans le second et le troisième, des différents genres de poésie, de l'idylle, de l'ode, de la tragédie, de l'épopée, etc., en donnant, comme j'ai eu soin de le faire, à chaque objet une étendue proportionnée à son importance ; enfin le quatrième chant a pour objet la conduite et les mœurs du poëte, et le but moral de la poésie.

Des critiques plus sévères encore ont reproché à ce poëme le défaut de sensibilité. Je remarquerai d'abord que plusieurs poëtes ont été cités comme sensibles pour en avoir imité différents morceaux. Des personnes plus indulgentes ont cru trouver de la sensibilité dans les regrets que le poëte a donnés à la destruction de l'ancien parc de Versailles, auquel il a rattaché les souvenirs de tout ce qu'offrait de plus touchant et de plus majestueux un siècle à jamais mémorable ; dans la peinture des impressions que fait sur nous l'aspect des ruines, morceau alors absolument neuf dans la poésie française, et plusieurs fois imité depuis en prose et en vers ; elles ont cru en trouver dans la peinture de la mélancolie, naturellement amenée par celle de la dégradation de la nature vers la fin de l'automne ; elles ont cru en trouver dans cette plantation sentimentale qui a su faire des arbres, jusqu'alors sans vie et pour ainsi dire sans mémoire, des monuments d'amour, d'amitié, du retour d'un ami, de la naissance d'un fils, idée également neuve à l'époque où le poëme des Jardins a été composé, et également imitée depuis par plusieurs écrivains ; elles ont cru en trouver dans l'hommage que

c

l'auteur a rendu à la mémoire du célèbre et malheureux Cook ; elles en ont trouvé enfin dans l'épisode
touchant de cet Indien, qui, regrettant au milieu des
pompes de Paris les beautés simples des lieux qui l'a-
vaient vu naître, à l'aspect imprévu d'un bananier offert tout à coup à ses yeux dans le Jardin du Roi, s'é-
lance, l'embrasse en fondant en larmes, et, par une
douce illusion de la sensibilité, se croit un moment
transporté dans sa patrie.

D'ailleurs il est deux espèces de sensibilité : l'une
nous attendrit sur le malheur de nos égaux, puise son
intérêt dans les rapports du sang, de l'amitié ou de l'a-
mour, et peint les plaisirs ou les peines des grandes
passions qui font ou le bonheur ou le malheur des
hommes : voilà la seule sensibilité que veulent reconnaître plusieurs écrivains. Il en est une beaucoup plus
rare et non moins précieuse : c'est celle qui se répand,
comme la vie , sur toutes, les parties d'un ouvrage;
qui doit rendre intéressantes les choses les plus étrangères à l'homme; qui nous intéresse au destin, au
bonheur, à la mort d'un animal, et même d'une plante;

aux lieux que l'on a habités, où l'on a été élevé, qui
ont été témoins de nos peines ou de nos plaisirs, à
l'aspect mélancolique des ruines. C'est elle qui inspirait Virgile lorsque, dans la description d'une peste
qui moissonnait tous les animaux, il nous attendrit
presque également et sur le taureau qui pleure la mort
de son frère et de son compagnon de travail, et sur le
laboureur qui laisse en soupirant ses travaux imparfaits.

C'est elle encore qui l'inspire lorsque, au sujet d'un
jeune arbuste qui prodigue imprudemment la luxu-
riance prématurée de son jeune feuillage, il demande
grâce au fer pour sa frêle et délicate enfance. Ce genre
de sensibilité est rare, parce qu'il n'appartient pas seulement à la tendresse des affections sociales, mais à une
surabondance de sentiment qui se répand sur tout, qui
anime tout, qui s'intéresse à tout; et tel poëte, qui a
rencontré des vers tragiques assez heureux, ne pourrait pas écrire six lignes de ce genre.

Des personnes, d'ailleurs très-estimables, ont fait à ce

poëme un reproche peut-être encore plus sérieux; c'est
de n'avoir été écrit que pour les riches. Ainsi l'on s'est
armé contre cet ouvrage de l'intérêt qu'inspire la pauvreté, et l'on a prétendu que l'auteur avait donné des préceptes inexécutables pour elle. S'il s'agit de la pauvreté
absolue, elle a autre chose à faire que d'embellir des paysages : s'il s'agit de la médiocrité, je répondrai que j'ai vu
des jardins charmants, du genre que je recommande,
dont la dépense était très-inférieure à celle qu'ont né-
cessitée des jardins beaucoup plus magnifiques et moins
agréables. La plus grande partie de ces préceptes, ayant
pour objet le plus heureux emploi des beautés de la
nature, peut être exécutée avec les moyens les plus médiocres lorsque la situation et les accidents du paysage
favorisent le goût du propriétaire. D'ailleurs, comment
peut-on imaginer qu'un poëte, pour qui la campagne
a eu tant d'attraits qu'elle a été l'objet de ses trois premiers ouvrages, ait dédaigné les hommes utiles à qui
l'on doit ses richesses? Il suffirait, pour toute réponse,
de citer ces vers du premier chant :

> Mais ce grand art exige un artiste qui pense,
> Prodigue de génie, et non pas de dépense.

On m'a accusé aussi d'avoir exigé du décorateur des jardins l'imitation des grands effets de la nature, et particulièrement des montagnes, et l'on a oublié que j'ai dit, en parlant des montagnes factices :

> Un humble monticule
> Veut être pittoresque, et n'est que ridicule.

A l'égard des rochers, on trouvera ma réponse dans ces vers :

> Du haut des vrais rochers, sa demeure sauvage,
> La nature se rit de ces rocs contrefaits,
> D'un travail impuissant avortons imparfaits.

S'il s'agit de ce qu'on appelle des bâtiments ou des *fabriques,* le grand luxe des jardins d'aujourd'hui, on peut se rappeler les vers suivants :

> Mais j'en permets l'usage et j'en proscris l'abus.
> Bannissez des jardins tout cet amas confus
> D'édifices divers prodigués par la mode,
> Obélisque, rotonde, et kiosk, et pagode ;
> Ces bâtiments romains, grecs, arabes, chinois,
> Chaos d'architecture, et sans but et sans choix,
> Dont la profusion, stérilement féconde,
> Enferme en un jardin les quatre parts du monde.

J'avais également proscrit une manie plus ridicule,
celle des ruines factices, en disant :

> Mais loin ces monuments dont la ruine feinte
> Imite mal du temps l'inimitable empreinte,
> Tous ces temples anciens récemment contrefaits,
> Ces débris d'un château qui n'exista jamais,
> Ces vieux ponts nés d'hier, et cette tour gothique
> Ayant l'air délabré sans avoir l'air antique ;
> Simulacre hideux, artifice grossier !
> Je crois voir cet enfant tristement grimacier,
> Qui, jouant la vieillesse et ridant son visage,
> Perd, sans paraître vieux, les grâces du jeune âge.

Pour ce qui regarde les ruines véritables, on sait qu'il
n'y a qu'à laisser faire au temps, qui les dessine et
qui les perfectionne mieux que tous les efforts de
l'art.

Enfin la manie dispendieuse des fleurs et de la pro—
priété exclusive des plus rares a trouvé une leçon dans
ces vers :

> Je sais que dans Harlem plus d'un triste amateur
> Au fond d'un cabinet s'enferme avec sa fleur ;
> Pour voir sa renoncule avant l'aube s'éveille ;
> D'une anémone unique adore la merveille,

Et, d'un rival heureux enviant le secret,
Achète au poids de l'or les taches d'un œillet.
Laissez-lui sa manie et son amour bizarre :
Qu'il possède en jaloux, et jouisse en avare.

Je pourrais donc appliquer à ces critiques, qui ont prétendu être d'un avis différent du mien, en disant en prose ce que j'ai dit en vers, ce vers heureux de l'épître sur les Disputes :

Soutenant contre vous ce que vous avez dit.

Mais, si j'ai dû proscrire les fantaisies coûteuses et de mauvais goût, je n'ai pas dû exclure ce que la richesse peut ajouter à la décoration des jardins, pourvu qu'on l'emploie avec goût et avec sobriété. J'ai donc donné des préceptes pour les fortunes médiocres comme pour les grandes; et j'ai laissé à tout le monde le droit de faire un jardin agréable, sans statue, sans fabrique, et sans tout ce luxe qui n'est point à la portée de la médiocrité, mais qui donne à l'opulence la facilité d'employer les artistes d'une manière utile pour eux et honorable pour elle.

Enfin, vingt éditions de ce poëme, des traductions allemandes, polonaises, italiennes, deux anglaises en vers, répondent suffisamment aux critiques les plus sévères. L'auteur ne s'est pas dissimulé la défectuosité de plusieurs transitions froides ou parasites : il a corrigé ces défauts dans cette édition, qu'il a augmentée de plusieurs morceaux et de plusieurs épisodes intéressants, qui donneront un nouveau prix à son ouvrage. C'est surtout pour annoncer cette édition avec quelque avantage, qu'il a tâché de réfuter les critiques trop rigoureuses que ce poëme a essuyées.

On a vu que, dans la préface de *l'Homme des Champs*, j'avais déjà réfuté quelques-unes de ces critiques : qu'il me soit permis de répondre aux principales objections que l'on a faites sur cette nouvelle production.

On m'a reproché, comme une chose fort grave, de n'avoir pas annoncé dans les premiers vers le plan de cet ouvrage. On pourrait réfuter d'un mot cette critique, en observant que le législateur de la poésie française, dans le plus régulier et le plus justement célèbre des poëmes didactiques, n'a présenté aucun plan. Cette autorité est tellement respectable que je n'en connais pas qu'on puisse lui opposer ; mais, ce qui est bien plus extraordinaire, c'est que des censeurs plus sévères encore ont prétendu que ce plan n'existait pas, parce qu'il n'était pas annoncé. Je me crois donc obligé de rappeler ici que le poëme a pour objet : 1° l'art de se rendre heureux à la campagne, et de répandre le bonheur autour de soi par tous les moyens possibles ; 2° de cultiver la campagne de cette culture que j'ai appelée merveilleuse, et qui s'élève au-dessus de la routine ordinaire ; 3° de voir la campagne et les phénomènes de la nature avec des yeux observateurs ; 4° enfin de répandre et d'entretenir le goût de ces occupations et de ces plaisirs champêtres en les peignant d'une manière intéressante. Ainsi le sage, l'agriculteur, le naturaliste, le paysagiste, sont les quatre divisions de ce poëme. Cette seule exposition doit suffire à ceux qu'il n'est pas impossible de contenter.

On a prétendu que ces divisions ne tenaient pas esentiellement les unes aux autres. Si on a voulu dire que chacune pouvait être traitée séparément, on a eu raison, sans rien prouver contre le plan de l'auteur. Virgile aurait pu faire un poëme sur les vignes, un autre sur les moissons, d'autres encore sur les vergers et sur les abeilles. Quoique ces objets puissent se séparer, cela ne prouve point qu'il ait eu tort de les réunir dans ses Géorgiques.

C'est surtout du quatrième chant que l'on a dit qu'il était étranger à l'ouvrage; mais, quand on a intitulé un poëme *l'Homme des Champs*, on a le droit d'y rassembler tout ce que le titre peut admettre; et le poëte champêtre ne devait pas y être oublié. Si j'avais omis cette dernière partie, n'entendez-vous pas les critiques s'écrier : « Quoi ! vous parlez de l'art de se rendre heureux dans les champs, d'en perfectionner la culture, d'en observer les beautés et les richesses, et vous oubliez celui de les chanter ! vous oubliez les Virgile, les Thompson, les Gessner, qui ont fait des peintures si intéressantes et si délicieuses, que sans elles il semblerait manquer quelque chose à la nature ! C'est faire injure à la fois à la campagne et à la poésie. »

Au lieu de multiplier ainsi ces sortes de critiques, dont je crois avoir prouvé l'injustice sans être aigri contre leurs auteurs, peut-être eût-il été plus équitable et plus naturel de remarquer que tous les chants de ce poëme sont parfaitement distincts les uns des autres, et que le sujet en est absolument neuf dans toutes les langues, et particulièrement dans la nôtre.

Au reste, je ne suis pas étonné de la sévérité avec laquelle cet ouvrage a été traité par une partie de la société. On sait que les derniers ouvrages d'un auteur sont toujours l'objet de la critique; mais, par une sorte de compensation, les premiers obtiennent alors un degré d'estime qu'on leur avait refusé à leur première apparition. Ce n'est point un effet de la justice ni de la bienveillance ; c'est la malveillance au contraire qui, des premiers ouvrages d'un écrivain, fait les accusateurs des derniers. Il semble que, dans l'empire des lettres, les premières productions naissent déshéritées, jusqu'à ce qu'un nouvel ouvrage leur ait rendu leur droit d'aînesse. Lorsque la traduction des Géorgiques parut, elle fut accueillie par une foule de

critiques. La publication du poëme des *Jardins* rendit à
cet ouvrage une estime qu'on ne lui accordait que pour
la refuser au poëme qui le suivit. L'envie aime à
trouver la dégénération et l'affaiblissement du talent
dans les nouveaux écrits d'un auteur qui a quelque
célébrité. *L'Homme des Champs*, à son tour, valut au
poëme qui l'avait précédé cette sorte d'indulgence mal-
veillante. Lui-même a besoin d'être suivi d'un autre
ouvrage, condamné par sa nouveauté à réunir sur lui
toute la sévérité des critiques.

On a souvent observé qu'un des grands malheurs de
la littérature et de ceux qui la cultivent, c'est l'animosité
qui marche toujours à leur suite. Ce qu'il y a de plus
déplorable, c'est qu'on la rencontre le plus souvent
dans ceux qui courent la même carrière. Malheur à
ceux dont l'imagination peut descendre des objets les
plus élevés aux tracas des petites passions indignes
d'un homme de lettres! Je crois voir ces mouches
brillantes de toutes les couleurs de la lumière, qui,
après s'être jouées aux rayons du soleil, descendent
dans la fange, et salissent elles-mêmes tout ce qu'elles

touchent. L'abeille ne fait que de la cire et du miel, et ne se repose que sur des fleurs.

Au reste, si l'on a pu diminuer le faible mérite de ces ouvrages, on n'a pu me priver du plaisir extrême que j'ai goûté en les composant. Mon imagination, en‐tourée de tout ce que la nature a de plus doux, de plus brillant et de plus riche, s'est reposée avec délices sur les idées consolantes qu'elle inspire. Voilà la jouissance que tout le monde m'envie, et la seule qu'on ne puisse m'ôter.

On pardonnera cette justification de *l'Homme des Champs* au souvenir des ressources et des consolations que je lui ai dues dans l'adversité. La plupart des autres arts, qui se montrent comme un luxe et un amuse‐ment, se présentent dans un jour de malheur avec moins de décence. La poésie est amusante dans les temps de prospérité, vertueuse dans les temps de dé‐pravation, et consolante dans les temps de tyrannie ; d'ailleurs, à ces époques malheureuses des distractions ordinaires ne suffisent pas ; il faut des occupations passionnées qui s'emparent fortement des facultés de l'esprit et de l'âme : la poésie a cet avantage ; elle a encore celui de s'élever par les charmes de l'imagination au-dessus des scènes de la vie ordinaire, et du spectacle affligeant d'un siècle dépravé : elle crée à son gré d'autres mondes, en choisit les habitants, et place cette population imaginaire, ces meilleurs mondes, entre elle et le malheur ou le crime ; surtout elle ramène ceux qui la cultivent dans la solitude et la retraite, les asiles les plus sûrs contre la tyrannie : c'est là seulement qu'on peut retenir quelques restes de liberté, et qu'on peut du moins espérer l'oubli. Ce moyen n'a pas toujours réussi : à l'époque horrible dont je parle, l'obscurité et la solitude elle-même avaient leurs dangers. Mais mon existence dépose en leur faveur ; et c'est aux délices inexprimables de la poésie que je dois le goût de la vie retirée à laquelle je suis tant redevable. Cet art charmant avait été mon amusement : il est devenu ma consolation et mon asile.

Je ne puis finir ces observations sans remercier M. David, qui, sans avoir aucune liaison avec moi, m'a

dédommagé de la sévérité des critiques par les réponses
pleines de goût, d'esprit et d'élégance qu'il a bien voulu
y faire. De nombreuses éditions sont venues à l'appui
du jugement qu'il a porté de cet ouvrage, et cette réponse est d'un genre à ne pouvoir être réfutée. Je dois
les mêmes remerciements à ceux qui, dans des vers
charmants, ont exprimé tant d'indulgence pour mon
ouvrage, et tant de bienveillance pour ma personne.
C'est par le plus doux des sentiments, celui de la reconnaissance, qu'ils m'ont ramené, au moins en imagination, dans ma patrie, dont j'ai vivement senti les malheurs, et qui m'a laissé un profond souvenir de ses
délices et de ses bienfaits.

JARDIN DE M. PARIS, A FONTENAY-AUX-ROSES

CHANT PREMIER.

Parc de Mr Legentil,
à St Ouen.

Thinot del.   Aubert père sc.

Chapsal, Editeur.

PARC DE M. LE DUC DE MONTMORENCY, A AUTEUIL.

CHANT PREMIER.

Le doux printemps revient, et ranime à la fois
Les oiseaux, les zéphyrs, et les fleurs, et ma voix.
Pour quel sujet nouveau dois-je monter ma lyre?
Ah ! lorsque d'un long deuil la terre enfin respire;

Dans les champs, dans les bois, sur les monts d'alentour,

Quand tout rit de bonheur, d'espérance et d'amour,

Qu'un autre ouvre aux grands noms les fastes de la gloire;

Sur son char foudroyant qu'il place la victoire;

Que la coupe d'Atrée ensanglante ses mains :

Flore a souri; ma voix va chanter les jardins.

Je dirai comment l'art embellit les ombrages,

L'eau, les fleurs, les gazons, et les rochers sauvages;

Des sites, des aspects sait choisir la beauté;

Donne aux scènes la vie et la variété :

Enfin l'adroit ciseau, la noble architecture,

Des chefs-d'œuvre de l'art vont parer la nature.

Toi donc, qui, mariant la grâce à la vigueur,

Sais du chant didactique animer la langueur,

O muse! si jadis, dans les vers de Lucrèce,

Des austères leçons tu polis la rudesse;

Si par toi, sans flétrir le langage des dieux,

Son rival a chanté le soc laborieux;

Viens orner un sujet plus riche, plus fertile,

Dont le charme autrefois avait tenté Virgile.

N'empruntons point ici d'ornement étranger;

Viens, de mes propres fleurs mon front va s'ombrager;

Et, comme un rayon pur colore un beau nuage,

Des couleurs du sujet je teindrai mon langage.

L'art innocent et doux que célèbrent mes vers

Remonte aux premiers jours de l'antique univers.

Dès que l'homme eut soumis les champs à la culture,

D'un heureux coin de terre il soigna la parure;

Et plus près de ses yeux il rangea sous ses lois

Des arbres favoris et des fleurs de son choix.

Du simple Alcinoüs le luxe encor rustique

Décorait un verger. D'un art plus magnifique

Babylone éleva des jardins dans les airs.

Quand Rome au monde entier eut envoyé des fers,

Les vainqueurs, dans des parcs ornés par la victoire,

Allaient calmer leur foudre et reposer leur gloire.

La Sagesse autrefois habitait les jardins,
Et d'un air plus riant instruisait les humains.
Et quand les dieux offraient un Élysée aux sages,
Étaient-ce des palais ? c'étaient de verts bocages;
C'étaient des prés fleuris, séjour des doux loisirs,
Où d'une longue paix ils goûtaient les plaisirs.

Ouvrons donc, il est temps, ma carrière nouvelle,
Philippe m'encourage, et mon sujet m'appelle.

Pour embellir les champs simples dans leurs attraits,
Gardez-vous d'insulter la nature à grands frais.
Ce noble emploi demande un artiste qui pense,
Prodigue de génie, et non pas de dépense.
Moins pompeux qu'élégant, moins décoré que beau,
Un jardin, à mes yeux, est un vaste tableau.
Soyez peintre. Les champs, leurs nuances sans nombre,
Les jets de la lumière et les masses de l'ombre,

Les heures, les saisons variant tour à tour
Le cercle de l'année et le cercle du jour,
Et des prés émaillés les riches broderies,
Et des riants coteaux les vertes draperies,
Les arbres, les rochers, et les eaux, et les fleurs,
Ce sont là vos pinceaux, vos toiles, vos couleurs :
La nature est à vous; et votre main féconde
Dispose, pour créer, des éléments du monde.

Mais, avant de planter, avant que du terrain
Votre bêche imprudente ait entamé le sein,
Pour donner aux jardins une forme plus pure,
Observez, connaissez, imitez la nature.
N'avez-vous pas souvent, aux lieux infréquentés,
Rencontré tout à coup ces aspects enchantés
Qui suspendent vos pas, dont l'image chérie
Vous jette en une douce et longue rêverie ?
Saisissez, s'il se peut, leurs traits les plus frappants,
Et des champs apprenez l'art de parer les champs.

Voyez aussi les lieux qu'un goût savant décore;

Dans ces tableaux choisis vous choisirez encore.

Dans sa pompe élégante admirez Chantilli,

De héros en héros, d'âge en âge embelli.

Beloeil, tout à la fois magnifique et champêtre,

Chanteloup, fier encor de l'exil de son maître,

Nous plairont tour à tour. Tel que ce frais bouton,

Timide avant-coureur de la belle saison,

L'aimable Tivoli d'une forme nouvelle

Fit le premier en France entrevoir le modèle.

Les Grâces en riant dessinèrent Montreuil.

Maupertuis, le Désert, Rincy, Limours, Auteuil,

Que dans vos frais sentiers doucement on s'égare!

L'ombre du grand Henri chérit encor Navarre.

Semblable à son auguste et jeune déité,

Trianon joint la grâce avec la majesté.

Pour elle il s'embellit, et s'embellit par elle.

Et toi, d'un prince aimable ô l'asile fidèle,

Dont le nom trop modeste est indigne de toi,

Lieu charmant ! offre-lui tout ce que je lui doi,

Un fortuné loisir, une douce retraite.

Bienfaiteur de mes vers, ainsi que du poëte,

C'est lui qui, dans ce choix d'écrivains enchanteurs,

Dans ce jardin paré de poétiques fleurs,

Daigne accueillir ma muse. Ainsi, du sein de l'herbe,

La violette croît auprès du lis superbe.

Compagnon inconnu de ces hommes fameux,

Ah ! si ma faible voix pouvait chanter comme eux,

Je peindrais tes jardins, le dieu qui les habite,

Les arts et l'amitié qu'il y mène à sa suite.

Beau lieu, fais son bonheur ! et moi, si quelque jour,

Grâce à lui, j'embellis un champêtre séjour,

De mon illustre appui j'y placerai l'image.

De mes premières fleurs je lui promets l'hommage :

Pour elle je cultive et j'enlace en festons

Le myrte et le laurier, tous deux chers aux Bourbons;

Et si l'ombre, la paix, la liberté m'inspire,

A l'auteur de ces dons je dévoûrai ma lyre.

Riche de ses forêts, de ses prés, de ses eaux,

Le Germain offre encor des modèles nouveaux.

Qui ne connaît Rhinsberg qu'un lac immense arrose,

Où se plaisent les arts, où la valeur repose;

Potsdam, de la victoire héroïque séjour,

Potsdam qui, pacifique et guerrier tour à tour,

Par la paix et la guerre a pesé sur le monde;

Bellevue, où, sans bruit, roule aujourd'hui son onde

Ce fleuve dont l'orgueil aimait à marier

A ses tresses de jonc des festons de laurier;

Gosow, fier de ses plans, Cassel, de ses cascades;

Et du charmant Vorlitz les fraîches promenades?

L'eau, la terre, les monts, les vallons et les bois,

Jamais d'aspects plus beaux n'ont présenté le choix.

Dans les champs des Césars, la maîtresse du monde

Offre sous mille aspects sa ruine féconde :

Partout entremêlés d'arbres pyramidaux,

Marbres, bronzes, palais, urnes, temples, tombeaux,

Parlent de Rome antique; et la vue abusée

Croit, au lieu d'un jardin, parcourir un musée.

L'Ibère avec orgueil dans leur luxe royal

Vante son Aranjuez, son vieil Escurial,

Toi surtout, Ildephonse, et tes fraîches délices.

Là ne sont point ces eaux dont les sources factices,

Se fermant tout à coup, par leur morne repos

Attristent le bocage, et trompent les échos :

Sans cesse résonnant dans ces jardins superbes,

D'intarissables eaux, en colonnes, en gerbes,

S'élancent, fendent l'air de leurs rapides jets,

Et des monts paternels égalent les sommets;

Lieu superbe où Philippe, avec magnificence,

Défiait son aïeul, et retraçait la France.

Le Batave à son tour, par un art courageux,
Sut changer en jardins son sol marécageux.
Mais dans le choix des fleurs une recherche vaine,
Des bocages couvrant une insipide plaine,
Sont leur seule parure ; et notre œil attristé
Y regrette des monts la sauvage âpreté :
Mais ses riches canaux et leur rive féconde ;
De ses moulins dans l'air, de ses barques sur l'onde,
Des troupeaux dans ses prés les mobiles lointains ;
Ses fermes, ses hameaux, voilà ses vrais jardins.

Des arbres résineux la robuste verdure,
Les mousses, les lichens qui bravent la froidure,
Du Russe, presque seuls, parent le long hiver ;
Mais l'art subjugue tout : le feu, vainqueur de l'air,
De Flore dans ces lieux entretient la couronne,
Et Vulcain y présente un hospice à Pomone.

Thénot del.   J. Schroeder sc.

Pavillons chinois du Parc de M.ᵈ Panckoucke
à Fleury, sous Meudon.

Par ses hardis travaux tel le plus grand des czars

Sut chez un peuple inculte acclimater les arts.

Heureux si des méchants l'absurde frénésie

Ne vient pas en poison changer leur ambroisie ;

Et si de Pierre un jour quelque heureux successeur,

Sans craindre leur danger, sait goûter leur douceur !

Le Chinois offre aux yeux des beautés pittoresques,

Des contrastes frappants, et quelquefois grotesques,

Ses temples, ses palais, richement colorés,

Leurs murs de porcelaine, et leurs globes dorés.

Vous dirai-je quel luxe, aux rives ottomanes,

Charme dans leurs jardins les beautés musulmanes ?

Là, les arts enchanteurs prodiguent les berceaux,

Le marbre des bassins, le murmure des eaux,

Les kiosques élégants, les fleurs toujours écloses ;

L'empire d'Orient est l'empire des roses.

Sous un ciel moins heureux, le Sarmate, à son tour,

Présente aux yeux ravis plus d'un riant séjour.

Tel brille ce superbe et riche paysage

Qui fut de Radzivil l'ingénieux ouvrage :

Là, tout plaît à nos yeux, le coteau, le vallon ;

Et la belle Arcadie a mérité son nom.

Et pourrais-je oublier ta pompe enchanteresse,

Toi, dans qui l'élégance est jointe à la richesse,

Fortuné Pulhavi, qui seul obtins des dieux

Les charmes que le ciel partage à d'autres lieux ?

Quel tableau ravissant présentent tes campagnes !

De quel cadre pompeux l'entourent ces montagnes

Où du grand Casimir, seul, sans garde et sans cour,

Le palais règne encor sur les champs d'alentour !

Détours mystérieux, magnifiques allées,

Bois charmants, verts coteaux, agréables vallées,

Les aspects étrangers, et tes propres trésors,

Tout enchante au dedans, tout invite au dehors.

Dirai-je les forêts dont tes monts se couronnent,

Ou ce chêne, géant des bois qui l'environnent,

Ou ce beau peuplier de qui l'énorme tronc,

Lorsque de cent hivers il a bravé l'affront,

Se festonnant de nœuds d'où sort un vert feuillage,

Semble orné par le temps, et rajeuni par l'âge ?

Pour mieux charmer les yeux, au pied de tes coteaux,

La Vistule pour toi roule ses vastes eaux ;

Pour toi, son sein blanchit sous des barques agiles ;

Elle baigne tes bois, elle embrasse tes îles.

Quel plaisir, quand le soir jette ses derniers feux,

De voir peints à la fois dans ses flots radieux

Qu'un beau pourpre colore, et qu'un blanc pur argente,

Le soleil expirant et la lune naissante !

Là, d'un chemin public c'est l'aspect animé ;

Du plus loin qu'il te voit, le voyageur charmé

S'arrête, admire, et part emportant ton image;

Le fleuve, le ruisseau, la forêt, le bocage,

Les arcs lointains des ponts, la flèche des clochers,

Me frappent tour à tour; tes grottes, tes rochers,

Sont de vastes palais voûtés par la nature;

D'autres, enfants de l'art, ont chacun leur parure.

Là, les fleurs, l'oranger, les myrtes toujours verts,

Jouissent du printemps, et trompent les hivers;

D'un portique pompeux leur abri se décore,

Et leur parfum trahit la retraite de Flore.

Ailleurs, c'est un musée, asile studieux;

Livres, bronzes, tableaux, là, tout charme les yeux;

Là, même après Mérope, Athalie et Zaïre,

Mes faibles vers peut-être obtiennent un sourire.

Rome, Athène, en ces lieux quel art vous imita?

Je reconnais de loin le temple de Vesta.

Voici la roche auguste où tonnait la Sibylle ;

Sa main n'y trace plus sur la feuille mobile

Ces arrêts fugitifs, tableaux de l'avenir ;

Ici, c'est le passé qui parle au souvenir.

Ses nombreux monuments enrichissent l'histoire,

Et ce temple est pour nous le temple de Mémoire ;

J'y trouve le bon roi, l'usurpateur cruel,

Et les traits de Henri près de ceux de Cromwel,

La chaîne de Stuart, ce livre d'Antoinette,

Par qui montait vers Dieu sa prière secrète.

Ah ! couple infortuné, sujet de tant de pleurs,

Vos noms seuls prononcés attendrissent les cœurs.

Au sortir de ce temple où revivent les âges,

Un autre va des lieux me montrer les images ;

Imagination, pouvoir que j'ai chanté,

Conduis-moi, porte-moi dans ce temple enchanté,

Où des murs byzantins, d'un temple où le Druide

Souillait de sang humain son autel homicide ;

D'un palais de l'Écosse, et d'un fort de Paris,

S'assemblent les fragments, l'un de l'autre surpris.

Rome, Rome elle-même, en ravages féconde,

Mêle ici sa ruine aux ruines du monde :

Un roc du Capitole y venge l'univers ;

Mais un temple est formé de ces débris divers ;

Il peint le monde entier, il orne le bocage,

Et le temps destructeur méconnaît son ouvrage.

Au fond de ce bosquet, vers ce lieu retiré,

J'avance, et je découvre un débris plus sacré.

Venez ici, vous tous dont l'âme recueillie

Vit des tristes plaisirs de la mélancolie ;

Voyez ce mausolée, où le bouleau pliant,

Lugubre imitateur du saule d'Orient,

Avec ses longs rameaux, et sa feuille qui tombe,

Triste, et les bras pendants, vient pleurer sur la tombe.

Et toi, dont le génie orna ce lieu charmant,

Que ce lieu pour toi-même est un doux monument !

Il te vit, fille heureuse, adorer un bon père,

Te vit heureuse épouse, et bienheureuse mère.

Ta fille à ces beautés prête un charme nouveau ;

Elle embellit les fleurs, le bosquet, le ruisseau,

Te rend plus chers les bois chéris de tes ancêtres.

Là, vos plus doux plaisirs sont des plaisirs champêtres ;

Là, communs sont vos vœux, votre bonheur commun,

Vos parcs sont séparés, et vos cœurs ne sont qu'un.

Et moi, peintre des champs, moi, qui ferai peut-être

Vivre ces beaux jardins que vos mains ont fait naître,

Mon nom du moins, mon nom habite donc ces lieux !

La pierre qui l'honore est donc chère à vos yeux !

Des groupes de bergers et des chœurs de bergères

Viennent donc quelquefois de leurs danses légères

Animer la prairie où gît modestement,

Au bord d'un clair ruisseau, mon humble monument !

3

Ah ! que ne peut ma voix s'y faire un jour entendre !

Mes chants vous rendraient grâce ; et, pour une âme tendre,

Quels sons harmonieux, quels accords ravissants,

De la reconnaissance égalent les accents ?

Entendez donc sa voix ; et que son doux langage

Pour moi soit un plaisir, et pour vous un hommage.

Enfin, je viens à toi, florissante Albion,

Au bel art des jardins instruite par Bacon ;

De Pope, de Milton, les chants le secondèrent ;

A leurs voix, des vieux parcs les terrasses tombèrent,

Le niveau fut brisé, tout fut libre, et tes mains

Ont, comme tes cités, affranchi tes jardins.

Un goût plus pur orna, dessina les bocages ;

Eh ! qui pourrait compter les parcs, les paysages,

Les sites enchanteurs qu'arrose, dans son cours,

Ce fleuve impérieux qui, dans ses longs détours,

Parmi des prés fleuris, des campagnes fécondes,

Marche vers l'Océan, en souverain des ondes,

Plus riche que l'Hermus, plus vaste que le Rhin,

Et dont l'urne orgueilleuse est l'urne du destin ?

Combien j'aime Parkplace, où, content d'un bocage,

L'ambassadeur des rois se plaît à vivre en sage ;

Leasowe, de Shenstone autrefois le séjour,

Où tout parle de vers, d'innocence et d'amour ;

Hagley, nous déployant son élégance agreste,

Et Pain'shill, si charmant dans sa beauté modeste,

Et Bowton et Foxly, que le bon goût planta,

Fier d'obéir lui-même aux lois qu'il nous dicta ;

Tous deux voisins, tous deux aimés des dieux champêtres

Et, malgré leur contraste, amis comme leurs maîtres !

Toi-même viens enfin prendre place en mes chants,

Chiswick, plein des trésors de la ville et des champs ;

Soit que dans tes bosquets j'admire la nature,

Soit que ton élégante et noble architecture,

Dans ce beau pavillon, dont l'œil est amoureux,

Du grand Palladio m'offre l'ouvrage heureux ; .

Soit que, dans ce salon où la toile respire,

La Flandre et l'Ausonie offrent à Devonshire

D'innombrables beautés, qu'efface un de ses traits.

Charmez donc ses loisirs, beaux lieux, asiles frais ;

Et, quand son goût vous prête une grâce nouvelle,

Croissez, ombragez-vous, et fleurissez pour elle.

J'ai dit les lieux charmants que l'art peut imiter ;

Mais il est des écueils que l'art doit éviter.

L'esprit imitateur trop souvent nous abuse.

Ne prêtez point au sol des beautés qu'il refuse.

Avant tout, connaissez votre site ; et du lieu

Adorez le Génie, et consultez le Dieu.

Ses lois impunément ne sont pas offensées.

Cependant, moins hardi qu'étrange en ses pensées,

Tous les jours, dans les champs, un artiste sans goût

Change, mêle, déplace, et dénature tout,

Et, par l'absurde choix des beautés qu'il allie,
Revient gâter en France un site d'Italie.

Ce que votre terrain adopte avec plaisir,
Sachez le reconnaître, osez vous en saisir.
C'est mieux que la nature, et cependant c'est elle ;
C'est un tableau parfait qui n'a point de modèle.
Ainsi savaient choisir les Berghems, les Poussins.
Voyez, étudiez leurs chefs-d'œuvre divins ;
Et ce qu'à la campagne emprunta la peinture,
Que l'art reconnaissant le rende à la nature.

Maintenant des terrains examinons le choix,
Et quels lieux se plairont à recevoir vos lois.
Il fut un temps funeste où, tourmentant la terre,
Aux sites les plus beaux l'art déclarait la guerre ;
Et comblant les vallons, et rasant les coteaux,
D'un sol heureux formait d'insipides plateaux.

Par un contraire abus, l'art, tyran des campagnes,

Aujourd'hui veut créer des vallons, des montagnes.

Évitez ces excès : vos soins infructueux

Vainement combattraient un terrain montueux ;

Et dans un sol égal un humble monticule

Veut être pittoresque, et n'est que ridicule.

Désirez-vous un lieu propice à vos travaux ?

Loin des champs trop unis, des monts trop inégaux,

J'aimerais ces hauteurs où, sans orgueil, domine

Sur un riche vallon une belle colline.

Là, le terrain est doux sans insipidité,

Élevé sans raideur, sec sans aridité.

Vous marchez : l'horizon vous obéit ; la terre

S'élève ou redescend, s'étend ou se resserre.

Vos sites, vos plaisirs, changent à chaque pas.

Qu'un obscur arpenteur, armé de son compas,

Au fond d'un cabinet, d'un jardin symétrique
Confie au froid papier le plan géométrique ;
Vous, venez sur les lieux. Là, le crayon en main,
Dessinez ces aspects, ces coteaux, ce lointain ;
Devinez les moyens, pressentez les obstacles :
C'est des difficultés que naissent les miracles.
Le sol le plus ingrat connaîtra la beauté.
Est-il nu ? que des bois parent sa nudité ;
Couvert ? portez la hache en ses forêts profondes ;
Humide ? en lacs pompeux, en rivières fécondes
Changez cette onde impure ; et, par d'heureux travaux,
Corrigez à la fois l'air, la terre et les eaux ;
Aride, enfin ? cherchez, sondez, fouillez encore ;
L'eau, lente à se trahir, peut-être est près d'éclore.
Ainsi, d'un long effort moi-même rebuté,
Quand j'ai d'un froid détail maudit l'aridité,
Soudain un trait heureux jaillit d'un fond stérile,
Et mon vers ranimé coule enfin plus facile.

Il est des soins plus doux, un art plus enchanteur.

C'est peu de charmer l'œil, il faut parler au cœur.

Avez-vous donc connu ces rapports invisibles

Des corps inanimés et des êtres sensibles?

Avez-vous entendu des eaux, des prés, des bois,

La muette éloquence et la secrète voix?

Rendez-nous ces effets. Que du riant au sombre,

Du noble au gracieux, les passages sans nombre

M'intéressent toujours. Simple et grand, fort et doux,

Unissez tous les tons pour plaire à tous les goûts.

Là, que le peintre vienne enrichir sa palette;

Que l'inspiration y trouble le poëte;

Que le sage du calme y goûte les douceurs;

L'heureux, ses souvenirs; le malheureux, ses pleurs.

Mais l'audace est commune, et le bon sens est rare.

Au lieu d'être piquant, souvent on est bizarre.

Gardez que, mal unis, ces effets différents

Ne forment qu'un chaos de traits incohérents.

Les contradictions ne sont pas des contrastes.

D'ailleurs, à ces tableaux il faut des toiles vastes.
N'allez pas resserrer dans des cadres étroits
Des rivières, des lacs, des montagnes, des bois.
On rit de ces jardins, absurde parodie
Des traits que jette en grand la nature hardie ;
Où l'art, invraisemblable à la fois et grossier,
Enferme en un arpent un pays tout entier.

Au lieu de cet amas, de ce confus mélange,
Variez les sujets, ou que leur aspect change :
Rapprochés, éloignés, entrevus, découverts,
Qu'ils offrent tour à tour vingt spectacles divers.
Que de l'effet qui suit l'adroite incertitude
Laisse à l'œil curieux sa douce inquiétude ;
Qu'enfin les ornements avec goût soient placés,
Jamais trop imprévus, jamais trop annoncés.

4

Surtout du mouvement : sans lui, sans sa magie,

L'esprit désoccupé retombe en léthargie ;

Sans lui, sur vos champs froids mon œil glisse au hasard.

Des grands peintres encor faut-il attester l'art ?

Voyez-les prodiguer, de leur pinceau fertile,

De mobiles objets sur la toile immobile :

L'onde qui fuit, le vent qui courbe les rameaux,

Les globes de fumée exhalés des hameaux,

Les troupeaux, les pasteurs, et leurs jeux et leur danse.

Saisissez leur secret, plantez en abondance

Ces souples arbrisseaux, et ces arbres mouvants,

Dont la tête obéit à l'haleine des vents ;

Quels qu'ils soient, respectez leur flottante verdure,

Et défendez au fer d'outrager la nature.

Voyez-la dessiner ces chênes, ces ormeaux ;

Voyez comment sa main, du tronc jusqu'aux rameaux,

Des rameaux au feuillage, augmentant leur souplesse,

Des ondulations leur donna la mollesse.

Mais les ciseaux cruels... Prévenez ce forfait,

Nymphes des bois, courez ! Que dis-je? c'en est fait !

L'acier a retranché leur cime verdoyante ;

Je n'entends plus au loin sur leur tête ondoyante

Le rapide Aquilon légèrement courir,

Frémir dans leurs rameaux, s'éloigner, et mourir :

Froids, monotones, morts, du fer qui les mutile

Ils semblent avoir pris la raideur immobile.

Vous donc, dans vos tableaux amis du mouvement,

A vos arbres laissez leur doux balancement.

Qu'en mobiles objets la perspective abonde :

Faites courir, tomber et rejaillir cette onde.

Vous voyez ces vallons et ces coteaux déserts :

Des différents troupeaux dans les sites divers

Envoyez, répandez les peuplades nombreuses.

Là, du sommet lointain des roches buissonneuses

Je vois la chèvre pendre ; ici, de mille agneaux

L'écho porte les cris de coteaux en coteaux.

Dans ces prés abreuvés des eaux de la colline,

Couché sur ses genoux, le bœuf pesant rumine ;

Tandis qu'impétueux, fier, inquiet, ardent,

Cet animal guerrier qu'enfanta le trident

Déploie, en se jouant dans un gras pâturage,

Sa vigueur indomptée et sa grâce sauvage.

Que j'aime et sa souplesse et son port animé ;

Soit que dans le courant du fleuve accoutumé

En frissonnant il plonge, et, luttant contre l'onde,

Batte du pied le flot qui blanchit et qui gronde ;

Soit qu'à travers les prés il s'échappe par bonds ;

Soit que, livrant aux vents ses longs crins vagabonds,

Superbe, l'œil en feu, les narines fumantes,

Beau d'orgueil et d'amour, il vole à ses amantes :

Quand je ne le vois plus, mon œil le suit encor.

Ainsi de la nature épuisant le trésor,

Le terrain, les aspects, les eaux et les ombrages

Donnent le mouvement, la vie aux paysages.

Voulez-vous mieux encor fixer l'œil enchanté ?

Joignez au mouvement un air de liberté ;

Et, laissant des jardins la limite indécise,

Que l'artiste l'efface, ou du moins la déguise.

Où l'œil n'espère plus, le charme disparaît.

Aux bornes d'un beau lieu nous touchons à regret ;

Bientôt il nous ennuie, et même nous irrite :

Au delà de ces murs, importune limite,

On imagine encor de plus aimables lieux ;

Et l'esprit inquiet désenchante les yeux.

Quand, toujours guerroyant, vos gothiques ancêtres

Transformaient en champs clos leurs asiles champêtres,

Chacun dans son donjon, de murs environné,

Pour vivre sûrement, vivait emprisonné.

Mais que fait aujourd'hui cette ennuyeuse enceinte

Que conserve l'orgueil et qu'inventa la crainte ?

A ces murs qui gênaient, attristaient les regards,
Le goût préférerait ces verdoyants remparts,
Ces murs tissus d'épine, où votre main tremblante
Cueille ou la rose inculte, ou la mûre sanglante.

Mais les jardins bornés m'importunent encor.
Loin de ce cercle étroit prenons enfin l'essor
Vers un genre plus vaste et des formes plus belles,
Dont seul Ermenonville offre encor des modèles.
Les jardins appelaient les champs dans leur séjour;
Les jardins dans les champs vont entrer à leur tour.

Du haut de ces coteaux, de ces monts d'où la vue
D'un vaste paysage embrasse l'étendue,
La Nature au Génie a dit : « Écoute-moi :
« Tu vois tous ces trésors; ces trésors sont à toi.
« Dans leur pompe sauvage et leur brute richesse,
« Mes travaux imparfaits implorent ton adresse. »

Parc des fils de M^r le Mis de Girardin.
à Ermenonville

Chapuit Éditeur

Elle dit. Il s'élance; il va de tous côtés

Fouiller dans cette masse où dorment cent beautés;

Des vallons aux coteaux, des bois à la prairie,

Il retouche en passant le tableau qui varie;

Il sait, au gré des yeux, réunir, détacher,

Éclairer, rembrunir, découvrir ou cacher.

Il ne compose pas; il corrige, il épure,

Il achève les traits qu'ébaucha la nature.

Le front des noirs rochers a perdu sa terreur,

La forêt égayée adoucit son horreur;

Un ruisseau s'égarait, il dirige sa course;

Il s'empare d'un lac, s'enrichit d'une source.

Il veut, et des sentiers courent de toutes parts

Chercher, saisir, lier tous ces membres épars,

Qui, surpris, enchantés du nœud qui les rassemble,

Forment de cent détails un magnifique ensemble.

Ces grands travaux peut-être épouvantent votre art.

Rentrez dans nos vieux parcs, et voyez d'un regard

Ces riens dispendieux, ces recherches frivoles,

Ces treillages sculptés, ces bassins, ces rigoles.

Avec bien moins de frais qu'un art minutieux

N'orna ce seul réduit qui plaît un jour aux yeux,

Vous allez embellir un paysage immense.

Tombez devant cet art, fausse magnificence ;

Et qu'un jour transformée en un nouvel Éden,

La France à nos regards offre un vaste jardin.

Dans mes leçons encor je voudrais vous apprendre

L'art d'avertir les yeux, et l'art de les surprendre.

Mais, avant de dicter des préceptes nouveaux,

Deux genres, dès longtemps ambitieux rivaux,

Se disputent nos vœux. L'un à nos yeux présente

D'un dessin régulier l'ordonnance imposante,

Prête aux champs des beautés qu'ils ne connaissaient pas,

D'une pompe étrangère embellit leurs appas ;

Donne aux arbres des lois, aux ondes des entraves,

Et, despote orgueilleux, brille entouré d'esclaves ;

Son air est moins riant et plus majestueux.

L'autre, de la nature amant respectueux,

L'orne sans la farder, traite avec indulgence

Ses caprices charmants, sa noble négligence,

Sa marche irrégulière, et fait naître avec art

Des beautés du désordre, et même du hasard.

Chacun d'eux a ses droits ; n'excluons l'un ni l'autre ;

Je ne décide point entre Kent et Le Nôtre.

L'un, content d'un verger, d'un bocage, d'un bois,

Dessine pour le sage, et l'autre pour les rois.

Les rois sont condamnés à la magnificence :

On attend autour d'eux l'effort de la puissance ;

On y veut admirer, enivrer ses regards

Des prodiges du luxe, et du faste des arts.

L'art peut donc subjuguer la nature rebelle ;

Mais c'est toujours en grand qu'il doit triompher d'elle.

Son éclat fait ses droits ; c'est un usurpateur

Qui doit obtenir grâce à force de grandeur.

5

Loin donc ces froids jardins, colifichet champêtre,

Insipides réduits, dont l'insipide maître

Vous vante, en s'admirant, ses arbres bien peignés ;

Ses petits salons verts bien tondus, bien soignés ;

Son plan bien symétrique, où, jamais solitaire,

Chaque allée a sa sœur, chaque berceau son frère ;

Ses sentiers ennuyés d'obéir au cordeau,

Son parterre brodé, son maigre filet d'eau,

Ses buis tournés en globe, en pyramide, en vase,

Et ses petits bergers bien guindés sur leur base.

Laissez-le s'applaudir de son luxe mesquin ;

Je préfère un champ brut à son triste jardin.

Loin de ces vains apprêts, de ces petits prodiges,

Venez, suivez mon vol au pays des prestiges,

A ce pompeux Versaille, à ce riant Marli,

Que Louis, la nature et l'art ont embelli.

C'est là que tout est grand, que l'art n'est point timide ;

Là, tout est enchanté, c'est le palais d'Armide ;

C'est le jardin d'Alcine, ou plutôt d'un héros

Noble dans sa retraite, et grand dans son repos,

Qui cherche encore à vaincre, à dompter des obstacles,

Et ne marche jamais qu'entouré de miracles.

Voyez-vous et les eaux, et la terre, et les bois,

Subjugués à leur tour, obéir à ses lois ;

A ces douze palais d'élégante structure,

Ces arbres marier leur verte architecture ;

Ces bronzes respirer ; ces fleuves suspendus,

En gros bouillons d'écume à grand bruit descendus,

Tomber, se prolonger dans des canaux superbes ;

Là s'épancher en nappe, ici monter en gerbes,

Et, dans l'air s'enflammant aux feux d'un soleil pur,

Pleuvoir en gouttes d'or, d'émeraude et d'azur !

Si j'égare mes pas dans ces bocages sombres,

Des Faunes, des Sylvains en ont peuplé les ombres ;

Et Diane et Vénus enchantent ce beau lieu ;

Tout bosquet est un temple, et tout marbre est un dieu :

Et Louis, respirant du fracas des conquêtes,

Semble avoir invité tout l'Olympe à ses fêtes.

C'est dans ces grands effets que l'art doit se montrer.

Mais l'esprit aisément se lasse d'admirer.

J'applaudis l'orateur dont les nobles pensées

Roulent pompeusement avec soin cadencées :

Mais ce plaisir est court. Je quitte l'orateur

Pour chercher un ami qui me parle du cœur.

Du marbre, de l'airain, qu'un vain luxe prodigue,

Des ornements de l'art l'œil bientôt se fatigue ;

Mais les bois, mais les eaux, mais les ombrages frais,

Tout ce luxe innocent ne fatigue jamais.

Aimez donc des jardins la beauté naturelle ;

Dieu lui-même aux mortels en traça le modèle.

Regardez dans Milton, quand ses puissantes mains

Préparent un asile aux premiers des humains :

Le voyez-vous tracer des routes régulières,

Contraindre dans leur cours des ondes prisonnières ?

Le voyez-vous parer d'étrangers ornements

L'enfance de la terre et son premier printemps ?

Sans contrainte, sans art, de ses douces prémices
La nature épuisa les plus pures délices.
Des plaines, des coteaux le mélange charmant,
Les ondes à leur choix errantes mollement,
Des sentiers sinueux les routes indécises,
Le désordre enchanteur, les piquantes surprises,
Des aspects où les yeux hésitaient à choisir,
Variaient, suspendaient, prolongeaient leur plaisir.
Sur l'émail velouté d'une fraîche verdure,
Mille arbres, de ces lieux ondoyante parure,
Charme de l'odorat, du goût et des regards,
Élégamment groupés, négligemment épars,
Se fuyaient, s'approchaient, quelquefois à leur vue
Ouvraient dans le lointain une scène imprévue ;
Ou, tombant jusqu'à terre, et recourbant leurs bras,
Venaient d'un doux obstacle embarrasser leurs pas ;
Ou pendaient sur leur tête en festons de verdure,
Et de fleurs, en passant, semaient leur chevelure.
Dirai-je ces forêts d'arbustes, d'arbrisseaux,
Entrelaçant en voûte, en alcôve, en berceaux,

Leurs bras voluptueux et leurs tiges fleuries?

C'est là que, les yeux pleins de tendres rêveries,
Ève à son jeune époux abandonna sa main,
Et rougit comme l'aube aux portes du matin.
Tout les félicitait dans toute la nature,
Le ciel par son éclat, l'onde par son murmure.
La terre en tressaillant ressentit leurs plaisirs;
Zéphire aux antres verts redisait leurs soupirs;
Les arbres frémissaient, et la rose inclinée
Versait tous ses parfums sur le lit d'hyménée.
O bonheur ineffable! ô fortunés époux!
Heureux dans ses jardins, heureux qui, comme vous,
Vivrait loin des tourments où l'orgueil est en proie,
Riche de fruits, de fleurs, d'innocence et de joie!

Ah! si la paix des champs, si leurs heureux loisirs
N'étaient pas le plus pur, le plus doux des plaisirs,

D'où viendrait sur nos cœurs leur secrète puissance ?

Tout regrette ou chérit leur paisible innocence.

Le sage à son jardin destine ses vieux ans ;

Un grand fuit son palais pour sa maison des champs ;

Le poëte recherche un bosquet solitaire ;

A son triste bureau le marchand sédentaire,

Lassé de ses calculs, lassé de son comptoir,

D'avance se promet un champêtre manoir,

Rêve ses boulingrins, ses arbres, son bocage,

Et d'un verger futur se peint déjà l'image.

Que dis-je ? au doux repos invitant de grands cœurs,

Un jardin quelquefois fut le prix des vainqueurs.

Là, le terrible Mars, sans glaive, sans tonnerre,

Las de l'ensanglanter, fertilise la terre ;

Au lieu de ses soldats, il compte ses troupeaux ;

Au chêne du bocage il suspend ses drapeaux :

Sur ses foudres éteints je vois s'asseoir Pomone ;

Palès ceint en riant les lauriers de Bellone,

Et l'airain, désormais fatal aux daims légers,

A rendu les échos aux chansons des bergers.

Tel est Bleinheim, Bleinheim la gloire de ses maîtres,

Plein des pompes de Mars et des pompes champêtres.

En vain ce nom fameux atteste nos revers ;

Monument d'un grand homme, il a droit à mes vers.

Si des arts créateurs j'y cherche les prodiges,

Partout l'œil est charmé de leurs brillants prestiges,

Et l'on doute, à l'aspect de ces nobles travaux,

Qui doit frapper le plus, du peuple ou du héros.

Si j'y viens des vieux temps retrouver la mémoire,

Je songe, ô Rosamonde ! à ta touchante histoire.

De Rose, mieux que toi, qui mérita le nom ?

En vain de la beauté le Ciel t'avait fait don ;

Tendre et fragile fleur, flétrie en ton jeune âge,

Tu ne vécus qu'un jour, ce fut un jour d'orage.

Dans ce nouveau dédale, où te cacha Merlin,

Ta rivale en fureur pénètre, un fil en main,

Et, livrant Rosamonde à sa rage inhumaine,

Ce qui servit l'amour fait triompher la haine.

Ah ! malheureux objet et de haine et d'amour,

Tu n'es plus ; mais ton ombre habite ce séjour :

Chacun vient t'y chercher de tous les coins du monde,

Chacun grossit de pleurs le puits de Rosamonde ;

Ton nom remplit encor ce bosquet enchanté ;

Et, pour comble de gloire, Addison t'a chanté.

Mais ces tendres amours et ce récit antique,

Qu'ont-ils de comparable au vœu patriotique

Qui, gravé sur l'airain par un don glorieux,

Acquitta de Malbrough les faits victorieux ?

Je ne décrirai point ce palais qui présente

La solide beauté de sa masse imposante,

Et promet de porter aux siècles à venir

D'un bienfait immortel l'immortel souvenir ;

6

Ni ces riches tapis où combattent entre elles

La palme de Bleinheim et la palme d'Arbelles;

Ni du triomphateur le bronze colossàl,

Du prodige de Rhode audacieux rival;

Ni ce pont, monument de tendresse et de gloire,

Que l'hyménée en deuil offrit à la victoire;

Ce pont digne de Rome, et tel que dans son sein

Aurait pu s'épancher l'urne immense du Rhin.

Ah ! dans cette héroïque et riante retraite,

O champs ! d'autres beautés frappent votre poëte.

Assez longtemps de l'art les fastueux apprêts,

Et le bronze immobile, et les marbres muets,

De tant d'autres vainqueurs furent le prix vulgaire;

Il faut d'autres honneurs à ce foudre de guerre.

Par un don plus nouveau, mais non moins solennel,

Grand comme ses desseins, et comme eux éternel,

La nature elle-même, avec magnificence,

Consacre le bienfait et la reconnaissance :

Dans un jardin superbe, à fêter un héros

Elle-même elle invite et la terre et les flots :

Pour chanter ses exploits les bois ont leurs Orphées;

Leur ombrage est son dais; leurs festons, ses trophées.

Le Ciel à son triomphe enchaîne les saisons;

De leurs fruits tous les ans son char reçoit les dons;

Tous les ans de leurs fleurs les brillantes prémices

Reviennent de son front parer les cicatrices :

L'été conte à l'été, le printemps au printemps,

Sa journée immortelle et ses faits éclatants :

La veillée en redit l'histoire triomphante ;

Le hameau les apprend, la bergère les chante.

Point de terme au bienfait : un peuple généreux

Paîra le sang du père à ses derniers neveux;

Et, sur eux étendant sa longue bienfaisance,

Comme le Ciel punit, Albion récompense.

Ah! pour comble d'honneur, puisse un Spencer nouveau

Par un chant de famille honorer son tombeau !

Malbrough ! Spencer ! l'honneur du moderne Élysée !

Malbrough en est l'Achille, et Spencer le Musée :

Mais, dans la douce paix des bois élysiens,

Malbrough, heureux Bleinheim, regrette encor les tiens;

Tant ce prix glorieux fut cher à sa grande âme !

Vous donc, fiers de leurs noms, vous que leur gloire enflamme,

Vous serez dignes d'eux, vous serez les Spencers

Qui chérissent les arts, et commandent aux mers :

Bienfaitrice sévère, Albion vous contemple.

Salaire des vertus, Bleinheim en doit l'exemple :

Oui, s'il ne reproduit un exemple si beau,

Le temple de la gloire en devient le tombeau.

Mais que dis-je? aux talents, au vieil honneur fidèle,

Bleinheim au monde encore en offre le modèle;

L'immortelle Uranie en habite les tours;

Là, de plus d'une étoile Herschel traça le cours,

Herschel qui de Newton agrandit l'héritage.

Un jour peut-être, un jour, par un nouvel hommage,

Malbrough, astre nouveau, prendra sa place aux cieux;

Herschel lui marquera son chemin radieux.

Jadis craint sur la terre, aujourd'hui sur les ondes,

Ses feux à vos vaisseaux montreront les deux mondes.

Mais quels lieux verront-ils, quel climat reculé,

Où du fameux Malbrough le nom n'ait pas volé,

Et ne se mêle pas, sur ces plages lointaines,

Aux grands noms des Condés, aux grands noms des Turennes ?

A ces noms mon cœur bat, des pleurs mouillent mes yeux :

O France ! ô doux pays, berceau de nos aïeux !

Si je puis t'oublier, si tu n'es pas sans cesse

Le sujet de mes chants, l'objet de ma tendresse,

Que de te voir jamais je perde le bonheur,

Que mon nom soit sans gloire, et mes chants sans honneur !

Adieu, Bleinheim : Chambord à son tour me rappelle,

Chambord qu'obtint, pour prix de sa palme immortelle,

Ce Saxon, ce héros adopté par mon roi,

Par qui Bleinheim peut-être envia Fontenoi.

Là ne s'élèvent point des tours si magnifiques,

D'aussi riches palais, d'aussi vastes portiques :

Mais sa gloire l'y suit ; mais à de feints combats

Lui-même, en se jouant, conduit ses vieux soldats.

Tels, au bord du Léthé, les héros du vieil âge

De la guerre, dit-on, aiment toujours l'image ;

Et, dans ces lieux de paix trouvant les champs de Mars,

Dardent encor la lance, et font voler des chars.

PARC DE M. LAFFITTE, A MAISONS.

CHANT DEUXIEME.

Jardin de l'Hôtel de l'Ambassade anglaise
à Paris.

Thénot del.   Outhwaite sc.

Chapsal, Editeur.

Imp. par Lemercier.

PARC DE MM. VOISINS ET FALRET, A VANVES.

CHANT DEUXIÈME.

Oh! si j'avais ce luth dont le charme autrefois
Entraînait sur l'Hémus les rochers et les bois,
Je le ferais parler ; et sur les paysages
Les arbres tout à coup déploiraient leurs ombrages ;

7

Le chêne, le tilleul, le cèdre et l'oranger

En cadence viendraient dans mes champs se ranger.

Mais l'antique harmonie a perdu ses merveilles :

La lyre est sans pouvoir, les rochers sans oreilles ;

L'arbre reste immobile aux sons les plus flatteurs,

Et l'art et le travail sont les seuls enchanteurs.

Apprenez donc de l'art quel soin et quelle adresse

Prête aux arbres divers la grâce ou la richesse.

Par ses fruits, par ses fleurs, par son beau vêtement,

L'arbre est de nos jardins le plus bel ornement :

Pour mieux plaire à nos yeux combien il prend de formes !

Là s'étendent ses bras pompeusement informes ;

Sa tige ailleurs s'élance avec légèreté.

Ici j'aime sa grâce, et là, sa majesté.

Il tremble au moindre souffle, ou contre la tempête

Raidit son tronc noueux et sa robuste tête ;

Rude ou poli, baissant ou dressant ses rameaux,

Véritable Protée entre les végétaux,

Il change incessamment, pour orner la nature,

Sa taille, sa couleur, ses fruits et sa verdure.

Ces effets variés sont les trésors de l'art,

Que le goût lui défend d'employer au hasard.

Des divers plants encor la forme et l'étendue

Sous des aspects divers viennent charmer la vue.

Tantôt un bois profond, sauvage, ténébreux,

Épanche une ombre immense ; et tantôt, moins nombreux,

Un plant d'arbres choisis forme un riant bocage :

Plus loin, distribués dans un frais paysage,

Des groupes élégants frappent l'œil enchanté ;

Ailleurs, se confiant à sa propre beauté,

Un arbre seul se montre, et seul orne la terre.

Tels, si la paix des champs peut rappeler la guerre,

Une nombreuse armée étale à nos regards

Des bataillons épais, des pelotons épars ;

Et là, fier de sa force et de sa renommée,

Un héros seul avance, et vaut seul une armée.

Tous ces plants différents suivent diverses lois.

Dans les jardins de l'art, notre luxe autrefois

Des arbres isolés dédaignait la parure :

Ils plaisent aujourd'hui dans ceux de la nature.

Par un caprice heureux, par de savants hasards,

Leurs plants désordonnés charmeront nos regards.

Qu'ils diffèrent d'aspect, de forme, de distance.

Que toujours la grandeur, ou du moins l'élégance,

Distingue chaque tige, ou que l'arbre honteux

Se cache dans la foule et disparaisse aux yeux.

Mais lorsqu'un chêne antique, ou lorsqu'un vieil érable,

Patriarche des bois, lève un front vénérable,

Que toute sa tribu, se rangeant à l'entour,

S'écarte avec respect, et compose sa cour ;

Ainsi l'arbre isolé plaît aux champs qu'il décore.

Avec bien plus de choix et plus de goût encore

Les groupes offriront mille tableaux heureux.

D'arbres plus ou moins forts, ou plus ou moins nombreux,

Formez leur masse épaisse ou leurs touffes légères :

De loin l'œil aime à voir tout ce peuple de frères.

C'est par eux que l'on peut varier ses dessins,

Rapprocher, et tantôt repousser les lointains,

Réunir, séparer, et sur les paysages

Étendre ou replier le rideau des ombrages.

Vos groupes sont formés ; il est temps que ma voix

A connaître un peu d'art accoutume les bois.

Bois augustes, salut ! Vos voûtes poétiques

N'entendent plus le Barde et ses affreux cantiques ;

Un délire plus doux habite vos déserts ;

Et vos antres encor nous instruisent en vers.

Vous inspirez les miens, ombres majestueuses !

Souffrez donc qu'aujourd'hui mes mains respectueuses

Viennent vous embellir, mais sans vous profaner :

C'est de vous que je veux apprendre à vous orner.

Les bois peuvent s'offrir sous des aspects sans nombre :

Ici, des troncs pressés rembruniront leur ombre ;

Là, de quelques rayons égayant ce séjour,

Formez un doux combat de la nuit et du jour ;

Plus loin, marquant le sol de leurs feuilles légères,

Quelques arbres épars joueront dans les clairières,

Et, flottant l'un vers l'autre, et n'osant se toucher,

Paraîtront à la fois se fuir et se chercher.

Ainsi, le bois par vous perd sa rudesse austère.

Mais n'en détruisez pas le grave caractère ;

De détails trop fréquents, d'objets minutieux,

N'allez pas découper son ensemble à nos yeux :

Qu'il soit un, simple et grand, et que votre art lui laisse

Avec toute sa pompe un peu de sa rudesse.

Montrez ces troncs brisés. Je veux de noirs torrents

Dans les creux des ravins suivre les flots errants.

Du temps, des eaux, de l'air, n'effacez point la trace ;

De ces rochers pendants respectez la menace ;

Et qu'enfin dans ces lieux empreints de majesté

Tout respire une mâle et sauvage beauté.

Mais tel est des humains l'instinct involontaire,

Le désert les effraie. En ce bois solitaire

Placez donc, s'il se peut, pour consoler le cœur,

L'asile du travail ou celui du malheur.

Il est des temps affreux où des champs de leurs pères

Des proscrits sont jetés aux terres étrangères :

Ah ! plaignez leur destin, mais félicitez-vous ;

De vos riches tableaux le tableau le plus doux,

A ces infortunés vous le devrez peut-être ;

Que dans l'immensité de votre enclos champêtre

Un coin leur soit gardé ; donnez à leurs débris,

Au fond de vos forêts, de tranquilles abris ;

A vos palais pompeux opposez leurs cabanes ;

Peuplés par eux, vos bois ne seront plus profanes,

Et leur touchant aspect consacrera ces lieux.

Mais surtout, si l'exil de leur cloître pieux

A banni ces reclus qui, sous des lois austères,

Dérobent aux humains leurs tourments volontaires,

Ces enfants de Bruno, ces enfants de Rancé,

Qui tous, morts au présent, expiant le passé,

Entre le repentir et la douce espérance,

Vers un monde à venir prennent leur vol immense,

Accueillez leur malheur, et que sous d'humbles toits,

Paisible colonie, ils habitent vos bois.

A peine on aura su le sort qui les exile,

Vos soins hospitaliers, et leur modeste asile,

Des hameaux d'alentour, femmes, enfants, vieillards,

Vers ces hôtes sacrés courront de toutes parts :

La richesse y viendra visiter l'indigence ;

L'orgueil, l'humilité ; le plaisir, la souffrance :

Vous-même, abandonnant pour leurs âpres forêts

Et vos salons dorés et vos ombrages frais,

Viendrez au milieu d'eux, dans une paix profonde,

Désenchanter vos cœurs des voluptés du monde ;

Loin de ce monde où règne un air contagieux,

Vous aimerez ce bois sombre et religieux,

Ses pâles habitants, leur rigide abstinence,

Leur saint recueillement, leur éternel silence,

Et, la bêche à la main, la pénitence en deuil

Anticipant la mort, et creusant son cercueil.

La terre sentira leur présence féconde :

Pour vous, pour vos moissons, vers le maître du monde

Ils lèveront leurs mains. Vous devrez à leurs vœux

Et les biens d'ici-bas, et les trésors des cieux ;

Et lorsqu'à la lueur des lampes sépulcrales,

De silences profonds coupés par intervalles,

Du sein de la forêt leurs nocturnes concerts

En sons lents et plaintifs monteront dans les airs,

8

Peut-être à ces accents vous trouverez des charmes ;

Vous envîrez leurs pleurs, vous y joindrez vos larmes ;

Et le corps sur la terre, et l'esprit dans le ciel,

Vos vœux iront ensemble aux pieds de l'Éternel.

Ainsi votre forêt prend un aspect moins rude ;

Vous charmez son effroi, peuplez sa solitude,

Animez son silence, et goûtez à la fois

Les charmes d'un bienfait et le charme des bois ;

Mais sans nuire à sa pompe égayez sa tristesse.

Le bocage, moins fier, avec plus de mollesse

Déploie à nos regards des tableaux plus riants,

Veut un site agréable et des contours liants,

Fuit, revient, et s'égare en routes sinueuses,

Promène entre des fleurs des eaux voluptueuses ;

Et j'y crois voir encore, ivre d'un doux loisir,

Epicure dicter les leçons du plaisir.

Mais c'est peu qu'en leur sein le bois ou le bocage

Renferment leur richesse élégante ou sauvage :

Dans l'art d'orner les champs, comme dans nos écrits,

A la variété le goût donne le prix ;

Cette variété, séduisante déesse,

Qui, flattant de nos cœurs l'inconstante faiblesse,

Un prisme dans les mains, colore l'univers,

Et fait d'un seul tableau mille tableaux divers.

Dans vos heureux travaux rendez-lui donc hommage ;

Le chef-d'œuvre des dieux vous en offre l'image.

Regardez cette tête où la Divinité

Semble imprimer ses traits : quelle variété !

Des sentiments du cœur majestueux théâtre,

Le front s'épanouit en ovale d'albâtre,

Et, doublant son éclat par un contraste heureux,

S'entoure et s'embellit de l'ombre des cheveux :

L'œil ardent réunit des faisceaux de lumière ;

Deux noirs sourcils en arc protégent sa paupière ;

Et la lèvre, où s'empreint la rougeur du corail,

De la blancheur des dents relève encor l'émail ;

Le nez, dans sa longueur dessinant le visage,

Par une ligne droite avec art le partage,

Tandis que, déployant ses contours gracieux,

La joue au teint vermeil s'arrondit à nos yeux.

Voyez le pied, la main, dont la structure étale

De ses doigts variés la longueur inégale :

Voilà votre modèle. Heureux imitateur,

Suivez dans ses dessins la main du Créateur;

Et d'objets en objets promené dans l'espace,

Que l'œil toujours jouisse, et jamais ne se lasse.

N'allez donc pas, des bois symétrisant les bords,

D'un coup d'œil uniforme attrister les dehors.

Que vos murs de verdure et vos tristes charmilles

Ne cachent point aux yeux leurs nombreuses familles :

Je veux les voir; je veux, dans ces bocages verts,

Sous leurs divers aspects voir ces arbres divers :

Les uns tout vigoureux et tout frais de jeunesse,

D'autres tout décrépits, tout noueux de vieillesse;

Thénot del.   Arthur père sc.

Nouveau Parc de Villers,
à Neuilly.

Imp. par Bougeard.

Chapsal, Éditeur.

Ceux-ci rampants, ceux-là, fiers tyrans des forêts,

Des tributs de la sève épuisant leurs sujets :

Vaste scène où des mœurs, de la vie et des âges,

L'esprit avec plaisir reconnaît les images.

Près de ces grands effets que sont ces verts remparts

Dont la forme importune attriste les regards ?

Forme toujours la même, et jamais imprévue !

Riche variété, délices de la vue,

Accours ; viens rompre enfin l'insipide niveau,

Brise la triste équerre et l'ennuyeux cordeau :

Par un mélange heureux de golfes, de saillies,

Les lisières des bois veulent être embellies.

L'œil, qui des plants tracés par l'uniformité

Se fatigue et s'élance à leur extrémité,

Se plaît à parcourir, dans sa vaste étendue,

De ces bords ondoyants la forme inattendue ;

Il s'égare, il se joue en ces replis nombreux ;

Tour à tour il s'enfonce, il ressort avec eux ;

Sur les tableaux divers que leur chaîne compose
De distance en distance avec plaisir repose :
Le bois s'en agrandit, et, dans ces longs retours,
Varie à chaque pas son charme et ses détours.
Dessinez donc sa forme, et d'abord qu'on choisisse
Les arbres dont le goût prescrit le sacrifice.
Mais ne vous hâtez point ; condamnez à regret :
Avant d'exécuter un rigoureux arrêt,
Ah ! songez que du temps ils sont le lent ouvrage,
Que tout votre or ne peut racheter leur ombrage,
Que de leur frais abri vous goûtiez la douceur.

Quelquefois cependant un ingrat possesseur,
Sans besoin, sans remords, les livre à la cognée.
Renversés sur le sein de la terre indignée,
Ils meurent : de ces lieux s'exilent pour toujours
La douce rêverie et les discrets amours.
Ah ! par ces bois sacrés dont le feuillage sombre
Aux danses du hameau prêta souvent son ombre,

Par ces dômes touffus qui couvraient vos aïeux,

Profanes ! respectez ces troncs religieux ;

Et, quand l'âge leur laisse une tige robuste,

Gardez-vous d'attenter à leur vieillesse auguste !

Trop tôt le jour viendra que ces bois languissants,

Pour céder leur empire à de plus jeunes plants,

Tomberont sous le fer, et de leur tête altière

Verront l'antique honneur flétri dans la poussière !

O Versaille ! ô regrets ! ô bosquets ravissants,

Chefs-d'œuvre d'un grand roi, de Le Nôtre, et des ans,

La hache est à vos pieds, et votre heure est venue.

Ces arbres dont l'orgueil s'élançait dans la nue,

Frappés dans leur racine, et balançant dans l'air

Leurs superbes sommets ébranlés par le fer,

Tombent, et de leurs troncs jonchent au loin ces routes

Sur qui leurs bras pompeux s'arrondissaient en voûtes :

Ils sont détruits ces bois dont le front glorieux

Ombrageait de Louis le front victorieux ;

Ces bois où, célébrant de plus douces conquêtes,

Les arts voluptueux multipliaient les fêtes !

Amour, qu'est devenu cet asile enchanté

Qui vit de Montespan soupirer la fierté ?

Qu'est devenu l'ombrage où, si belle et si tendre,

A son amant surpris et charmé de l'entendre,

La Vallière apprenait le secret de son cœur,

Et, sans se croire aimée, avouait son vainqueur ?

Tout périt, tout succombe : au bruit de ce ravage

Voyez-vous point s'enfuir les hôtes du bocage ?

Tout ce peuple d'oiseaux, fiers d'habiter ces bois,

Qui chantaient leurs amours dans l'asile des rois,

S'exilent à regret de leurs berceaux antiques.

Ces dieux, dont le ciseau peupla ces verts portiques,

D'un voile de verdure autrefois habillés,

Tout honteux aujourd'hui de se voir dépouillés,

Pleurent leur doux ombrage ; et, redoutant la vue,

Vénus même une fois s'étonna d'être nue.

Croissez, hâtez votre ombre, et repeuplez ces champs,

Vous, jeunes arbrisseaux. Et vous, arbres mourants,

Consolez-vous : témoins de la faiblesse humaine,

Vous avez vu périr et Corneille et Turenne ;

Vous comptez cent printemps, hélas ! et nos beaux jours

S'envolent les premiers, s'envolent pour toujours.

Mais tandis que ma voix déplorait ces ravages,

Quel bruit vient consoler l'ami des vieux ombrages ?

Que béni soit ton art, toi qui dans leur langueur

Sus des plants décrépits ranimer la vigueur !

A peine un frais enduit couvre un bois sans écorce,

Le suc régénéré reprend toute sa force ;

Il court, il pousse en l'air de nouveaux rejetons ;

Rend aux bosquets leur ombre, au printemps ses festons :

Des arbres longtemps nus admirent leur parure ;

Leur front chauve a repris sa verte chevelure,

Et joint avec orgueil, grâce à tes soins puissans,

Les charmes du jeune âge et l'honneur des vieux ans.

9

Heureux donc qui jouit d'un bois formé par l'âge !

Mais plus heureux celui qui créa son bocage ;

Ces arbres, dont le temps prépare la beauté !

Il dit comme Cyrus : «C'est moi qui les plantai.»

De leur premier printemps il goûte les délices,

De leur premier bouton il bénit les prémices.

Ainsi naquit Pearfield ; tel de ses bois nouveaux

Le feuillage naissant se pencha sur les eaux ;

Telle, au sortir des mains dont est sorti le monde,

Jadis Ève se vit, et s'admira dans l'onde.

Le jeune plant courut ombrager les vallons,

Habiller les rochers, et flotter sur les monts ;

Et, fier de sa beauté, content de son ouvrage,

Son heureux créateur rêva sous son ombrage.

Au lieu de vous traîner sur les dessins d'autrui,

Voulez-vous donc créer et jouir comme lui ?

Suspendez vos travaux impatients d'éclore;

Méditez–les longtemps, méditez-les encore :

Tel qu'un peintre, arrêtant ses indiscrets pinceaux,

D'avance en sa pensée ébauche ses tableaux,

Ainsi de vos dessins méditez l'ordonnance.

Des sites, des aspects, connaissez la puissance,

Et le charme des bois aux coteaux suspendus,

Et la pompe des bois dans la plaine étendus.

Ainsi que les couleurs et les formes amies,

Connaissez les couleurs, les formes ennemies.

Le frêne aux longs rameaux dans les airs élancés

Repousserait le saule aux longs rameaux baissés;

Le vert du peuplier combat celui du chêne :

Mais l'art industrieux peut adoucir leur haine,

Et, de leur union médiateur heureux,

Un arbre mitoyen les concilie entre eux.

Ainsi, par une teinte avec art assortie,

Vernet de deux couleurs éteint l'antipathie.

Connaissez donc l'emploi de ces différents verts.

Brillants ou sans éclat, plus foncés ou plus clairs,

C'est par ces tons changeants qu'au sein des paysages

Vous pouvez avec choix varier les ombrages,

Produire des effets tantôt doux, tantôt forts,

Des contrastes frappants ou de moelleux accords.

Observez–les surtout lorsque la pâle automne,

Près de la voir flétrir, embellit sa couronne :

Que de variété ! que de pompe et d'éclat !

Le pourpre, l'orangé, l'opale, l'incarnat,

De leurs riches couleurs étalent l'abondance.

Hélas ! tout cet éclat marque leur décadence.

Tel est le sort commun. Bientôt les aquilons

Des dépouilles des bois vont joncher les vallons;

De moment en moment la feuille sur la terre

En tombant interrompt le rêveur solitaire.

Mais ces ruines même ont pour moi des attraits.

Là, si mon cœur nourrit quelques profonds regrets,

Si quelque souvenir vient rouvrir ma blessure,

J'aime à mêler mon deuil au deuil de la nature;

De ces bois desséchés, de ces rameaux flétris,

Seul, errant, je me plais à fouler les débris.

Ils sont passés les jours d'ivresse et de folie :

Viens, je me livre à toi, tendre mélancolie;

Viens, non le front chargé des nuages affreux

Dont marche enveloppé le chagrin ténébreux,

Mais l'œil demi-voilé, mais telle qu'en automne

A travers des vapeurs un jour plus doux rayonne;

Viens, le regard pensif, le front calme, et les yeux

Tout prêts à s'humecter de pleurs délicieux.

Ainsi je nourrissais mes tristes rêveries,

Quand de mille arbrisseaux les familles fleuries

Tout à coup m'ont offert leur plant voluptueux.

Adieu, vastes forêts, cèdres majestueux,

Adieu, pompeux ormeaux, et vous, chênes augustes.

Moins fiers, plus élégants, ces modestes arbustes

M'appellent à leur tour. Venez, peuple enchanteur !

Vous êtes la nuance entre l'arbre et la fleur ;

De vos traits délicats venez orner la scène.

Oh ! que si, moins pressé du sujet qui m'entraîne,

Vers le but qui m'attend je ne hâtais mes pas,

Que j'aurais de plaisir à diriger vos bras !

Je vous reproduirais sous cent formes fécondes ;

Ma main sous vos berceaux ferait rouler les ondes ;

En dômes, en lambris j'unirais vos rameaux ;

Mollement enlacés autour de ces ormeaux,

Vos bras serpenteraient sur leur robuste écorce,

Emblème de la grâce unie avec la force :

Je fondrais vos couleurs, et du blanc le plus pur,

Du plus tendre incarnat jusqu'au plus sombre azur,

De l'œil rassasié variant les délices,

Vos panaches, vos fleurs, vos boules, vos calices,

A l'envi s'uniraient dans mes brillants travaux,

Et Van–Huysum lui-même envirait mes tableaux.

Pour vous à qui le Ciel prodigua leur richesse,

Ménagez avec art leur pompe enchanteresse;

Partagez aux saisons leurs brillantes faveurs;

Que chacun, apportant ses parfums, ses couleurs,

Reparaisse à son tour, et qu'au front de l'année

Sa guirlande de fleurs ne soit jamais fanée.

Ainsi votre jardin varie avec le temps :

Tout mois a ses bosquets, tout bosquet son printemps;

Printemps bientôt flétri ! Toutefois votre adresse

Peut consoler encor de sa courte richesse.

Que par des soins prudents tous ces arbres plantés,

Quand ils seront sans fleurs, ne soient pas sans beautés.

Ainsi l'adroite Églé, prolongeant son empire,

Au déclin des beaux ans sait encor nous séduire.

Le Ciel même, malgré l'inclémence de l'air,

N'a pas de tous ses dons déshérité l'hiver.

Alors, des vents jaloux défiant les outrages,

Plusieurs arbres encor retiennent leurs feuillages.

Voyez l'if, et le lierre, et le pin résineux,

Le houx luisant armé de ses dards épineux,

Et du laurier divin l'immortelle verdure,

Dédommager la terre et venger la nature;

Voyez leurs fruits de pourpre, et leurs glands de corail,

Au vert de leurs rameaux mêler un vif émail :

Au milieu des champs nus leur parure m'enchante,

Et, plus inespérée, en paraît plus touchante.

De vos jardins d'hiver qu'ils ornent le séjour:

Là, vous venez saisir les rayons d'un beau jour;

Là, l'oiseau, quand la terre ailleurs est dépouillée,

Vole, et s'égaie encor sous la verte feuillée,

Et, trompé par les lieux, ne connaît plus les temps,

Croit revoir les beaux jours, et chante le printemps.

Toutefois de vos plants quels que soient les prodiges,

L'habitude souvent en détruit les prestiges,

Et le triste dégoût les voit sans intérêt.

N'est-il pas des moyens dont le charme secret

Vous rende leur beauté toujours plus attachante ?

Oh ! combien des Lapons l'usage heureux m'enchante !

Qu'ils savent bien tromper leurs hivers rigoureux !

Nos superbes tilleuls, nos ormeaux vigoureux,

De ces champs ennemis redoutent la froidure ;

De quelques noirs sapins l'indigente verdure

Par intervalle à peine y perce les frimas :

Mais le moindre arbrisseau qu'épargnent ces climats

Par des charmes plus doux à leurs regards sait plaire ;

Planté pour un ami, pour un fils, pour un père,

Pour un hôte qui part emportant leurs regrets,

Il en reçoit le nom, le nom cher à jamais.

Vous dont un ciel plus pur éclaire la patrie,

Vous pouvez imiter cette heureuse industrie ;

10

Elle animera tout : vos arbres, vos bosquets

Dès lors ne seront plus ni déserts, ni muets;

Il seront habités de souvenirs sans nombre,

Et vos amis absents embelliront leur ombre.

Qui vous empêche encor, quand les bontés des dieux

D'un enfant désiré comblent enfin vos vœux,

De consacrer ce jour par les tiges naissantes

D'un bocage, d'un bois?... Mais, tandis que tu chantes,

Muse, quels cris dans l'air s'élancent à la fois ?

Il est né l'héritier du sceptre de nos rois !

Il est né! Dans nos murs, dans nos champs, sur les ondes,

Nos foudres triomphants l'annoncent aux deux mondes.

Pour parer son berceau, c'est trop peu que des fleurs;

Apportez les lauriers, les palmes des vainqueurs.

Qu'à ses premiers regards brillent des jours de gloire;

Qu'il entende, en naissant, l'hymne de la victoire :

C'est la fête qu'on doit au pur sang des Bourbon.

Et toi, par qui le Ciel nous fit cet heureux don,

Toi qui, le plus beau nœud, la chaîne la plus chère

Des Germains, des Français, d'un époux et d'un frère,

Les unis, comme on voit de deux pompeux ormeaux

Une guirlande en fleurs enchaîner les rameaux,

Sœur, mère, épouse auguste, enfin la destinée

Joint au deuil du trépas les fruits de l'hyménée;

Et, mêlant dans tes yeux les larmes et les ris,

Quand tu perds une mère, elle te donne un fils.

D'autres, dans les transports que ce beau jour inspire,

Animeront la toile, ou le marbre, ou la lyre;

Moi, l'humble ami des champs, j'irai dans ce séjour

Où Flore et les Zéphyrs composent seuls ta cour,

J'irai dans Trianon: là, pour unique hommage,

Je consacre à ton fils des arbres de son âge,

Un bosquet de son nom. Ce simple monument,

Ces tiges, de tes bois le plus cher ornement,

Tes yeux les verront croître, et, croissant avec elles,

Ton fils viendra chercher leurs ombres fraternelles.

Enfin vous jouissez ; et le cœur et les yeux

Chérissent de vos bois l'abri délicieux.

Au plaisir voulez-vous unir encor la gloire ?

Voulez-vous de votre art emporter la victoire ?

Déjà de nos jardins heureux décorateur,

Ajoutez à ces noms le nom de créateur.

Voyez comme en secret la nature fermente,

Quel besoin d'enfanter sans cesse la tourmente.

Et vous ne l'aidez pas ! Qui sait dans son trésor

Quels biens à l'industrie elle réserve encor ?

Comme l'art à son gré guide le cours de l'onde,

Il peut guider la sève ; à sa liqueur féconde

Montrez d'autres chemins, ouvrez d'autres canaux.

Dans vos champs enrichis par des hymens nouveaux

Des sucs vierges encore essayez le mélange ;

De leurs dons mutuels favorisez l'échange.

Combien d'arbres, de fruits, de plantes et de fleurs,

Dont l'art changea le goût, les parfums, les couleurs !

La pêche a dû sa gloire à ces métamorphoses ;

D'un triple diadème ainsi brillent les roses ;

De son panache ainsi l'œillet s'enorgueillit.

Osez : Dieu fit le monde, et l'homme l'embellit.

Que si vous n'osez pas essayer ces conquêtes,

Combien sous d'autres cieux de richesses sont prêtes !

Usurpez ces trésors. Ainsi le fier Romain,

Et ravisseur plus juste, et vainqueur plus humain,

Conquit des fruits nouveaux, porta dans l'Ausonie

Le prunier de Damas, l'abricot d'Arménie,

Le poirier des Gaulois, tant d'autres fruits divers :

C'est ainsi qu'il fallait s'asservir l'univers.

Quand Lucullus vainqueur triomphait de l'Asie,

L'airain, le marbre et l'or frappaient Rome éblouie ;

Le sage dans la foule aimait à voir ses mains

Porter le cerisier en triomphe aux Romains.

Et ces mêmes Romains n'ont-ils pas vu nos pères,

En bataillons armés, sous des cieux plus prospères

Aller chercher la vigne, et vouer à Bacchus

Leurs étendards rougis du nectar des vaincus ?

Du fruit de leurs exploits leurs troupes échauffées

Rapportaient, en chantant, ces précieux trophées :

Du pampre triomphal ils couronnaient leurs fronts ;

Le pampre sur leurs dards s'enlaçait en festons.

Tel revint sur son char le dieu vainqueur du Gange :

Les vallons, les coteaux célébraient la vendange ;

Et partout où coula le nectar enchanté

Coururent le plaisir, l'audace et la gaîté.

Enfants de ces Gaulois, imitons nos ancêtres ;

Disputons, enlevons ces dépouilles champêtres.

Voyez, dans ces jardins fiers de se voir soumis

A la main qui porta le sceptre de Thémis,

Le sang des Lamoignon, l'éloquent Malesherbes

Enrichir notre sol de cent tiges superbes.

Là, des plants rassemblés des bouts de l'univers,

De la cime des monts, de la rive des mers,

Des portes du couchant, de celles de l'aurore ;

Ceux que l'ardent Midi, que le Nord voit éclore ;

Les enfants du soleil, les enfants des frimas,

Me font en un seul lieu, parcourir cent climats.

Je voyage, entouré de leur foule choisie,

D'Amérique en Europe, et d'Afrique en Asie :

Tous, parmi nos vieux plants charmés de se ranger,

Chérissent notre ciel; et l'heureux étranger,

Des bords qu'il a quittés reconnaissant l'ombrage,

Doute de son exil à leur touchante image,

Et d'un doux souvenir sent son cœur attendri.

Je t'en prends à témoin, jeune Potaveri.

Des champs d'O-Taïti, si chers à son enfance,

Où l'amour sans pudeur n'est pas sans innocence,

Ce sauvage ingénu, dans nos murs transporté,

Regrettait dans son cœur sa douce liberté,

Et son île riante, et ses plaisirs faciles.

Ébloui, mais lassé de l'éclat de nos villes,

Souvent il s'écriait : « Rendez-moi mes forêts ! »

Un jour, dans ces jardins où Louis, à grand frais,

Des quatre points du monde en un seul lieu rassemble

Ces peuples végétaux surpris de croître ensemble,

Qui, changeant à la fois de saison et de lieu,

Viennent tous à l'envi rendre hommage à Jussieu,

L'Indien parcourait leurs tribus réunies,

Quand tout à coup, parmi ces vertes colonies,

Un arbre qu'il connut dès ses plus jeunes ans

Frappe ses yeux : soudain avec des cris perçants

Il s'élance, il l'embrasse, il le baigne de larmes,

Le couvre de baisers. Mille objets pleins de charmes,

Ces beaux champs, ce beau ciel, qui le virent heureux,

Le fleuve qu'il fendait de ses bras vigoureux,

La forêt dont ses traits perçaient l'hôte sauvage,

Ces bananiers chargés et de fruits et d'ombrage,

Et le toit paternel, et les bois d'alentour,

Ces bois qui répondaient à ses doux chants d'amour,

Il croit les voir encor, et son âme attendrie

Du moins pour un instant retrouva sa patrie.

Quels que soient vos bosquets, vos bois et vos vergers,

Enfants de votre sol ou des champs étrangers,

L'art brillant des jardins, s'il veut longtemps nous plaire

Exige encor de vous un soin plus nécessaire.

Quelquefois, en plantant, des artistes sans art

Entre eux et la campagne élèvent un rempart;

Leurs arbres sont un voile, et non une parure :

Vous, sachez avec goût disposer leur verdure;

Que vos arbres divers, adroitement plantés,

Des plus vastes lointains vous livrent les beautés;

Par elles de vos parcs augmentez l'étendue,

Possédez par les yeux, jouissez par la vue.

Eh ! qui peut dédaigner ces aspects abondants

En tableaux variés, en heureux accidents?

Par eux l'œil est charmé, la campagne est vivante.

Là, d'un chemin public c'est la scène mouvante;

C'est le bœuf matinal que suit le soc tranchant;

C'est le fier cavalier qui, distrait en marchant,

11

Du coursier, dont sa main abandonnait l'allure,

A l'aspect d'un passant relève l'encolure ;

C'est le piéton modeste, un bâton à la main,

A qui la revêrie abrége le chemin ;

C'est le pas grave et lent de la riche fermière ;

C'est le pas leste et vif de la jeune laitière,

Qui, l'habit retroussé, le corps droit, va trottant,

Son vase en équilibre, et chemine en chantant ;

C'est le lourd chariot, dont la marche bruyante

Fait crier le pavé sous sa charge pesante ;

Le char léger du fat qui vole en un instant

De l'ennui qui le chasse à l'ennui qui l'attend.

Regardez ce moulin où tombent en cascades

Sur l'arbre de Cérès les ondes des Naïades ;

Tandis qu'au gré d'Eole un autre avec fracas

Tourne en cercles sans fin ses gigantesques bras.

Parc de M. le C.te de Montalivet,
à Lagrange, près Sancerre, (Cher).

Chapsal, Éditeur

Imp. par Bougeard

Thiénon del.

Aubert père sc.

Plus loin, c'est un vieux bourg que des bois environnent;

Là, de leurs longs créneaux les cités se couronnent,

Et le clocher, où plane un coq audacieux,

Court en sommet aigu se perdre dans les cieux.

Plus heureux si de loin commande au paysage

Quelque temple fameux, monument du vieil âge,

Dont les royales tours se prolongent dans l'air;

Royaumont, Saint–Denis; ou le vieux Westminster,

Où dorment confondus le guerrier, le poëte,

Les grands hommes d'État, et Chatam à leur tête,

L'éloquent Westminster où tout parle à l'orgueil

De grandeur, de néant, et de gloire, et de deuil.

Oublirai-je ce fleuve, et ses bords, et ses îles?

Et si la vaste mer entoure vos asiles,

Quel tableau peut valoir son courroux, son repos,

Et ces vaisseaux lointains qui volent sur les flots?

O Nice, heureux séjour ! montagnes renommées,

De lavande, de thym, de citron parfumées !

Que de fois sous tes plants d'oliviers toujours verts,

Dont la pâleur s'unit au sombre azur des mers,

J'égarai mes regards sur ce théâtre immense !

Combien je jouissais ! soit que l'onde en silence

Mollement balancée, et roulant sans efforts,

D'une frange d'écume allât ceindre ses bords ;

Soit que son vaste sein se gonflât de colère ;

J'aimais à voir le flot, d'abord ride légère,

De loin blanchir, s'enfler, s'allonger et marcher,

Bondir tout écumant de rocher en rocher,

Tantôt se déployer comme un serpent flexible,

Tantôt, tel qu'un tonnerre, avec un bruit horrible

Précipiter sa masse, et de ses tourbillons

Dans les rocs caverneux engloutir les bouillons,

Ce mouvement, ce bruit, cette mer turbulente,

Roulant, montant, tombant en montagne écumante,

Enivraient mon esprit, mon oreille, mes yeux ;

Et le soir me trouvait immobile en ces lieux.

Donc, si ce grand spectacle entoure vos domaines,

Montrez, mais variez ces magnifiques scènes :

Ici que la mer brille à travers les rameaux ;

Là, dans l'enfoncement de ces profonds berceaux,

Comme au bout d'un long tube, une voûte la montre ;

Au détour d'un bosquet ici l'œil la rencontre,

La perd encore ; enfin la vue en liberté

Tout à coup la découvre en son immensité.

Sur ces aspects divers fixez l'œil qui s'égare ;

Mais, il faut l'avouer, c'est d'une main avare

Que les hommes, les arts, la nature et le temps

Sèment autour de nous de riches accidents.

O plaines de la Grèce ! ô champs de l'Ausonie !

Lieux toujours inspirants, toujours chers au génie,

Que de fois, arrêté dans un bel horizon,

Le peintre voit, s'enflamme, et saisit son crayon,

Dessine ces lointains, et ces mers, et ces îles ;

Ces ports ; ces monts brûlants et devenus fertiles,

Des laves de ces monts encor tout menaçants ;

Sur des palais détruits d'autres palais naissants,

Et dans ce long tourment de la terre et de l'onde,

Un nouveau monde éclos des débris du vieux monde !

Hélas ! je n'ai point vu ce séjour enchanté,

Ces beaux lieux où Virgile a tant de fois chanté ;

Mais, j'en jure et Virgile et ses accords sublimes,

J'irai, de l'Apennin je franchirai les cimes ;

J'irai, plein de son nom, plein de ses vers sacrés,

Les lire aux mêmes lieux qui les ont inspirés.

Vous, au lieu des beautés qu'étalent ces rivages,

N'avez-vous au dehors que de froids paysages?

Formez-vous au dedans un asile enchanteur;

Tel le sage dans lui sait trouver son bonheur.

A vos scènes donnez l'air piquant du mystère;

Que votre art les promette, et que l'œil les espère :

Promettre, c'est donner; espérer, c'est jouir.

D'un vain luxe non plus n'allez pas m'éblouir.

L'utile a sa beauté; gardez-vous de l'exclure.

La richesse du luxe appauvrit la nature :

Ses plants infructueux un moment flattent l'œil;

Mais Vertumne et Palès, exilés par l'orgueil,

Maudissent ces bosquets et ces fleurs inutiles,

De leur fécond domaine usurpateurs stériles;

Bientôt le soc vengeur y revient sur leurs pas,

Et Cérès en triomphe a repris ses états.

Plantez donc pour cueillir. Que la grappe pendante,

La pêche veloutée, et la poire fondante,

Tapissant de vos murs l'insipide blancheur,

D'un suc délicieux vous offrent la fraîcheur;

Que sur l'oignon du Nil, et sur la verte oseille,

En globes de rubis descende la groseille ;

Que l'arbre offre à vos mains la pomme au teint vermeil,

Et l'abricot doré par les feux du soleil.

A côté de vos fleurs, aimez à voir éclore,

Et le chou panaché que la pourpre colore,

Et les navets sucrés que Freneuse a nourris,

Pour qui mon dur censeur m'accusa de mépris.

Ma muse aux dieux des champs ne fit point cette injure :

Hôte aimable des bois, ami de la nature,

L'art des vers orne tout, et ne dédaigne rien ;

Tout plaît mis à sa place : aussi gardez-vous bien

D'imiter le faux goût qui mêle en son ouvrage

L'inculte, l'élégant, le peigné, le sauvage;

Que tout soit. près de vous, fraîcheur, grâces, attraits ;

Et qu'ailleurs, au hasard, désordonnant ses traits,

La nature reprenne une marche plus fière.

Enfin, pour vous donner un conseil moins vulgaire,

Toujours l'art de planter ne dicte pas des lois

Pour les vergers du sage, et les jardins des rois.

Il est des lieux publics où le peuple s'assemble,

Charmé de voir, d'errer, et de jouir ensemble ;

Tant l'instinct social dans ses nobles désirs

Veut, comme ses travaux, partager ses plaisirs !

Là, nos libres regards ne souffrent point d'obstacle :

Ils veulent embrasser tout ce riche spectacle ;

Ces panaches flottants, ces perles, ces rubis,

L'orgueil de la coiffure et l'éclat des habits,

Ces voiles, ces tissus, ces étoffes brillantes,

Et leurs reflets changeants, et leurs pompes mouvantes.

Tels, si dans ces jardins où la fable autrefois

A caché des héros, des belles et des rois

Dans la tige des lis, des œillets et des roses,

Les dieux mettaient un terme à leurs métamorphoses,

Tout à coup nous verrions, par un contraire effet,

S'animer, se mouvoir l'hyacinthe et l'œillet,

Le lis en blancs atours, la jonquille dorée,

Et la tulipe errante en robe bigarrée.

Tels nous plaisent ces lieux : aux Champs Élysiens

Tel Paris réunit ses nombreux citoyens ;

Au retour du printemps, tels viennent se confondre

Au parc de Kensington les fiers enfants de Londre ;

Vaste et brillante scène où chacun est acteur,

Amusant, amusé, spectacle et spectateur.

Muse, quitte un instant les rives paternelles ;

Revole vers ces lieux que tu pris pour modèles :

Chante ce Kensington qui retrace à la fois

Et la main de Le Nôtre, et les parcs de nos rois,

Où dans toute sa pompe un grand peuple s'étale.

A peine l'alouette, à la voix matinale,

A du printemps dans l'air gazouillé le retour,

Soudain, du long ennui de ce pompeux séjour,

Où la vie est souffrante, où des foyers sans nombre,

Mêlant aux noirs brouillards leur vapeur lente et sombre,

Par cent canaux fumeux élancés dans les airs

S'en vont noircir le ciel de la nuit des enfers,

Tout sort ; de Kensington tout cherche la montagne ;

La splendeur de la ville étonne la campagne :

Tout ce peuple paré, tout ce brillant concours,

Le luxe du commerce, et le faste des cours ;

Les harnais éclatants, ces coursiers dont l'audace

Du barbe généreux trahit la noble race,

Mouillant le frein d'écume, inquiets, haletants,

Pleins des feux du jeune âge et des feux du printemps ;

Le hardi cavalier, qui, plus prompt que la foudre,

Part, vole, et disparaît dans des torrents de poudre ;

Les rapides wiskis, les magnifiques chars ;

Ces essaims de beautés dont les groupes épars,

Tels que, dans l'Élysée, à travers les bocages

Des fantômes légers glissent sous les ombrages,

D'un long et blanc tissu rasent le vert gazon ;

L'enfant, emblème heureux de la jeune saison,

Qui, gai comme Zéphyre, et frais comme l'Aurore,

Des roses du printemps en jouant se colore ;

Le vieillard dont le cœur se sent épanouir,

Et d'un beau jour encor se hâte de jouir ;

La jeunesse en sa fleur, et la santé riante,

Et la convalescence à la marche tremblante,

Qui, pâle et faible encor, vient sous un ciel vermeil

Pour la première fois saluer le soleil.

Quel tableau varié ! Je vois sous ces ombrages

Tous les états unis, tous les rangs, tous les âges.

Ici marche, entouré d'un murmure d'amour,

Ou l'orateur célèbre, ou le héros du jour :

Là, c'est le noble chef d'une illustre famille,

Une mère superbe, et sa modeste fille,

Qui, mêlant à la grâce un trouble intéressant,

Semble rougir de plaire, et plaît en rougissant ;

Tandis que, tressaillant dans l'âme maternelle,

L'orgueil jouit tout bas d'être éclipsé par elle :

Plus loin, un digne Anglais, bon père, heureux époux,

Chargé de son enfant, et fier d'un poids si doux,

Le dispute aux baisers d'une mère chérie,

Et semble avec orgueil l'offrir à la patrie.

Voyez ce couple aimable enfoncé dans ces bois ;

Là, tous deux ont aimé pour la première fois,

Et se montrent la place où, dans son trouble extrême,

L'un d'eux, en palpitant, prononça : « Je vous aime. »

Là, deux bons vieux amis vont discourant entre eux ;

Ailleurs, un étourdi qu'emporte un char poudreux,

Jette, en courant, un mot que la rapide roue

Laisse bientôt loin d'elle, et dont Zéphyr se joue.

On se cherche, on se mêle, on se croise au hasard ;

On s'envoie un salut, un sourire, un regard.

Cependant à travers le tourbillon qui roule,

Plus d'un grave penseur, isolé dans la foule,

Va poursuivant son rêve; ou peut-être un banni,

A l'aspect de ce peuple heureux et réuni,

Qu'un beau site, un beau jour, un beau spectacle attire,

Se souvient de Longchamps, se recueille et soupire.

JARDIN DE L'AMBASSADE DE NAPLES, A PARIS.

CHANT TROISIÈME.

Parc de M. Vandermarcq,
à Sceaux.

Thénot del.   Devilliers sc.

Chapsal Éditeur.

Imp. Chardon ainé

PARC DE M. FRÉDÉRIC SOULIÉ, A BIÈVRES.

CHANT TROISIÈME.

Je chantais les jardins, les vergers et les bois,
Quand le cri de Bellone a retenti trois fois.
A ces cris, arrachés des foyers de leurs pères,
Nos guerriers ont volé sur des mers étrangères,

13

Et Mars a de Vénus déserté les bosquets.

Dieux des champs, dieux amis de l'innocente paix,

Ne craignez rien : Louis, au lieu de vous détruire,

Veut, sur des bords lointains, étendre votre empire ;

Il veut qu'en liberté les heureux Pensylvains

Puissent cueillir les fruits qu'ont cultivés leurs mains.

Et vous, jeunes guerriers qu'admire un autre monde,

Je ne puis vers Yorck, sur les gouffres de l'onde,

Suivre votre valeur ; mais, pour votre retour,

Ma muse des jardins embellit le séjour.

Déjà j'ordonne aux fleurs de croître pour vos têtes ;

Pour vous de myrtes verts des couronnes sont prêtes.

Je prépare pour vous le murmure des eaux,

Les tapis des gazons, les abris des berceaux,

Où mollement assis, oubliant les alarmes,

Tranquilles, vous direz la gloire de nos armes,

Tandis qu'entre la crainte et l'espoir suspendus,

Vos enfants frémiront d'un danger qui n'est plus.

Achevons cependant d'orner ces frais asiles.

Jadis dans nos jardins les sables infertiles,

Tristes, secs, et du jour réfléchissant les feux,

Importunaient les pieds, et fatiguaient les yeux ;

Tout était nu, brûlant : mais enfin l'Angleterre

Nous apprit l'art d'orner et d'habiller la terre.

Soignez donc ces gazons déployés sur son sein :

Sans cesse l'arrosoir ou la faux à la main,

Désaltérez leur soif, tondez leur chevelure ;

Que le roulant cylindre en foule la verdure ;

Que toujours bien choisis, bien unis, bien serrés,

De l'herbe usurpatrice avec soin délivrés,

Du plus tendre duvet ils gardent la finesse ;

Et quelquefois enfin réparez leur vieillesse.

Réservez toutefois aux lieux moins éloignés

Ce luxe de verdure et ces gazons soignés.

Du reste composez une riche pâture,

Et que vos seuls troupeaux en fassent la culture.

Ainsi vous formerez des nourrissons nombreux,

Des engrais pour vos champs, des tableaux pour vos yeux ;

Ne rougissez donc point, quoique l'orgueil en gronde,

D'ouvrir vos parcs au bœuf, à la vache féconde,

Qui ne dégradent plus ni vos parcs, ni mes vers.

Sur le climat encor réglez vos plants divers.

N'allez pas des gazons prodiguer la parure

Aux lieux où la chaleur dévore la verdure;

La terre s'en attriste, et de ces prés flétris

Les yeux avec regret parcourent les débris.

Ah ! quand le ciel brûlant sèche nos paysages,

Que ne puis-je, Albion, errer sur ces rivages

Où la beauté, foulant le tendre émail des fleurs,

Promène en paix ses yeux innocemment rêveurs!

Belle et fraîche Albion, fille aimable des ondes,

Qui nourris tes tapis de leurs vapeurs fécondes !

Là, même dans l'été, l'horizon le plus pur

D'un rideau nébuleux voile encor son azur;

Par un soleil plus doux les plantes épargnées,

D'une pluie insensible en tout temps sont baignées;

Thiénot del.   Ch. Bannister sc.

Une Pêcheuse dans le Domaine privé du Roi
à Neuilly.

Imp. par Chardon a.

Chapsal, Editeur.

Sa secrète influence en nourrit la fraîcheur;

L'herbe tendre y renaît sous la main du faucheur;

Et l'Anglais sérieux à son ciel chargé d'ombres

Doit des gazons plus gais, et des pensers plus sombres.

Quel que soit le climat, dans vos jardins riants

C'est peu de déployer ces tapis verdoyants;

Il en faut avec goût savoir choisir les formes.

Craignez pour eux l'ennui des cadres uniformes :

En d'insipides ronds, ou d'ennuyeux carrés,

Je ne veux point les voir tristement resserrés ;

Un air de liberté fait leur première grâce :

Que tantôt dans les bois, dont l'ombre les embrasse,

D'un air mystérieux ils aillent se cacher,

Et que tantôt les bois les reviennent chercher.

Telle est d'un beau gazon la forme simple et pure.

Voulez-vous mieux l'orner? imitez la nature :

Elle émaille les prés des plus riches couleurs.

Hâtez-vous, vos jardins vous demandent des fleurs.

Fleurs charmantes ! par vous la nature est plus belle ;

Dans ses brillants travaux l'art vous prend pour modèle :

Simples tributs du cœur, vos dons sont chaque jour

Offerts par l'amitié, hasardés par l'amour.

D'embellir la beauté vous obtenez la gloire ;

Le laurier vous permet de parer la victoire :

Plus d'un hameau vous donne en prix à la pudeur ;

L'autel même où de Dieu repose la grandeur,

Se parfume au printemps de vos douces offrandes,

Et la religion sourit à vos guirlandes.

Mais c'est dans nos jardins qu'est votre heureux séjour.

Filles de la rosée et de l'astre du jour,

Venez donc de nos champs décorer le théâtre.

N'attendez pas pourtant qu'amateur idolâtre ,

Au lieu de vous jeter par touffes, par bouquets,

J'aille de lits en lits, de parquets en parquets,

De chaque fleur nouvelle attendre la naissance,

Observer ses couleurs, épier leur nuance.

Je sais que dans Harlem plus d'un triste amateur

Au fond de ses jardins s'enferme avec sa fleur,

Pour voir sa renoncule avant l'aube s'éveille,

D'une anémone unique adore la merveille,

Ou, d'un rival heureux enviant le secret,

Achète au poids de l'or les taches d'un œillet.

Laissez-lui sa manie et son amour bizarre;

Qu'il possède en jaloux, et jouisse en avare.

Sans obéir aux lois d'un art capricieux,

Fleurs, parure des champs, et délices des yeux,

De vos riches couleurs venez peindre la terre :

Venez : mais n'allez pas dans les buis d'un parterre

Renfermer vos appas tristement relégués;

Que vos heureux trésors soient partout prodigués.

Tantôt de ces tapis émaillez la verdure;

Tantôt de ces sentiers égayez la bordure;

Serpentez en guirlande, entourez ces berceaux ;

En Méandres brillants courez au bord des eaux ;

Ou tapissez ces murs, ou, dans cette corbeille,

Du choix de vos parfums embarrassez l'abeille.

Que Rapin vous suivant dans toutes les saisons,

Décrive tous vos traits, rappelle tous vos noms :

A de si longs détails le dieu du goût s'oppose.

Mais qui peut refuser un hommage à la rose ;

La rose dont Vénus compose ses bosquets,

Le printemps sa guirlande, et l'amour ses bouquets ;

Qu'Anacréon chanta, qui formait avec grâce

Dans les jours de festin la couronne d'Horace ;

La rose au doux parfum, de qui l'extrait divin,

Goutte à goutte versé par une avare main,

Parfume, en s'exhalant, tout un palais d'Asie,

Comme un doux souvenir remplit toute la vie ?

Mais ce riant sujet plaît trop à mes pinceaux

Destinés à tracer de plus mâles tableaux.

Cette variété, charme de la nature,

Dont ma muse tantôt vous traçait la peinture,

Et dont elle dictait les charmantes leçons,

Pour un autre sujet demande d'autres tons.

O vous, dont je foulais les pelouses fleuries,

Il faut donc vous quitter, agréables prairies !

Un site plus sévère appelle mes regards.

Voyez de loin ces rocs confusément épars.

De nos jardins, voués à la monotonie,

Leur sublime âpreté jadis était bannie.

Depuis qu'enfin le peintre, y prescrivant des lois,

Sur l'arpenteur timide a repris tous ses droits,

Nos jardins plus hardis de ces effets s'emparent.

Mais, de quelque beauté que ces masses les parent,

Si le sol n'offre point ces blocs majestueux,

De la nature en vain rival présomptueux

L'art en voudrait tenter une infidèle image.

Du haut des vrais rochers, sa demeure sauvage,

14

La nature se rit de ces rocs contrefaits,

D'un travail impuissant avortons imparfaits.

Loin de ces froids essais qu'un vain effort étale,

Aux champs de Middleton, aux monts de Dovedale,

Whately, je te suis; viens, j'y monte avec toi.

Que je m'y sens saisi d'un agréable effroi!

Tous ces rocs variant leurs gigantesques cimes,

Vers le ciel élancés, roulés dans des abîmes,

L'un par l'autre appuyés, l'un sur l'autre étendus,

Quelquefois dans les airs hardiment suspendus;

Les uns taillés en tours, en arcades rustiques;

Quelques-uns à travers leurs noirâtres portiques

Du ciel dans le lointain laissant percer l'azur,

Des sources, des ruisseaux le cours brillant et pur :

Tout rappelle à l'esprit ces magiques retraites,

Ces romantiques lieux qu'ont chantés les poëtes.

Heureux si ces grands traits embellissent vos champs!

Mais dans votre tableau leurs tons seraient tranchants.

C'est là, c'est pour dompter leur inculte énergie

Qu'il faut d'un enchanteur le charme et la magie.

Cet enchanteur, c'est l'art; ses charmes sont les bois.

Il parle : les rochers s'ombragent à sa voix,

Et semblent s'applaudir de leur pompe étrangère.

Quand vous ornez ainsi leur sécheresse austère,

Variez bien vos plants : offrez aux spectateurs

Des contrastes de tons, de formes, de couleurs;

Que les plus beaux rochers sortent par intervalles.

N'interromprez-vous point ces masses trop égales?

Cachez ou découvrez, variez à la fois

Les bois par les rochers, les rochers par les bois.

N'avez-vous pas encor, pour former leur parure,

Des arbustes rampants l'errante chevelure?

J'aime à voir ces rameaux, ces souples rejetons,

Sur leurs arides flancs serpenter en festons;

J'aime à voir leurs fronts nus et leurs têtes sauvages

Se coiffer de verdure et s'entourer d'ombrages.

C'est peu : parmi ces rocs un vallon précieux,

Un terrain moins ingrat vient-il rire à vos yeux ?

Saisissez ce bienfait; déployez à la vue

D'un sol favorisé la richesse imprévue.

C'est un contraste heureux ; c'est la stérilité

Qui cède un coin de terre à la fertilité.

Ainsi vous subjuguez leur âpre caractère.

Non qu'il faille toujours les orner pour vous plaire :

Votre art, qui doit toujours en adoucir l'horreur,

Leur permet quelquefois d'inspirer la terreur.

Lui-même il les seconde. Au bord d'un précipice

D'une simple cabane il pose l'édifice :

Le précipice encore en paraît agrandi.

Tantôt d'un roc à l'autre il jette un pont hardi.

A leur terrible aspect je tremble, et de leur cime

L'imagination me suspend sur l'abîme.

Je songe à tous ces bruits, du peuple répétés,

De voyageurs perdus, d'amants précipités;

Vieux récits qui, charmant la foule émerveillée,

Des crédules hameaux abrégent la veillée,

Et que l'effroi du lieu persuade un moment.

Mais de ces grands effets n'usez que sobrement;

Notre cœur, dans les champs, à ces rudes secousses

Préfère un calme heureux, des émotions douces.

Moi-même, je le sens, de la cime des monts

J'ai besoin de descendre en mes riants vallons.

Je les ornai de fleurs, les couvris de bocages;

Il est temps que des eaux roulent sous leurs ombrages.

Eh bien ! si vos sommets, jadis tout dépouillés,

Sont, grâce à mes leçons, richement habillés,

O rochers ! ouvrez-moi vos sources souterraines;

Et vous, fleuves, ruisseaux, beaux lacs, claires fontaines,

Venez, portez partout la vie et la fraîcheur.

Ah ! qui peut remplacer votre aspect enchanteur ?

De près il nous amuse, et de loin nous invite :

C'est le premier qu'on cherche, et le dernier qu'on quitte.

Vous fécondez les champs, vous répétez les cieux ;

Vous enchantez l'oreille et vous charmez les yeux.

Venez ! puissent mes vers, en suivant votre course,

Couler plus abondants encor que votre source,

Plus légers que les vents qui courbent vos roseaux,

Doux comme votre bruit, et purs comme vos eaux !

Et vous qui dirigez ces ondes bienfaitrices,

Respectez leurs penchants, et même leurs caprices.

Dans la facilité de ses libres détours

Voyez l'eau de ses bords embrasser les contours.

De quel droit osez-vous, captivant sa souplesse,

De ses plis sinueux contraindre la mollesse ?

Que lui fait tout le marbre où vous l'emprisonnez ?

Voyez-vous, les cheveux aux vents abandonnés,

Sans gêne, sans apprêt, sans parure étrangère,

Marcher, courir, bondir la folâtre bergère ?

Sa grâce est dans l'aisance et dans la liberté.

Mais au fond d'un sérail contemplez la beauté :

En vain elle éblouit, vainement elle étale

De ses atours captifs la pompe orientale;

Je ne sais quoi de triste, empreint dans tous ses traits,

Décèle la contrainte et flétrit ses attraits.

Que l'eau conserve donc la liberté qu'elle aime,

Ou changez en beauté son esclavage même.

Ainsi, malgré Morel, dont l'éloquente voix

De la simple nature a su plaider les droits,

J'aime ces jeux où l'onde en des canaux pressée,

Part, s'échappe et jaillit avec force élancée.

A l'aspect de ces flots qu'un art audacieux

Fait sortir de la terre, et lance jusqu'aux cieux,

L'homme se dit : « C'est moi qui créai ces prodiges. »

L'homme admire son art dans ces brillants prestiges.

Qu'ils soient donc déployés chez les grands et les rois;

Mais, je le dis encor, loin du luxe bourgeois

Dont le jet d'eau honteux, n'osant quitter la terre,

S'élève à peine, et meurt à deux pieds du parterre.

C'est peu : tout doit répondre à ce riche ornement ;

Que tout prenne à l'entour un air d'enchantement.

Persuadez aux yeux que d'un coup de baguette

Une fée, en passant, s'est fait cette retraite.

Tel j'ai vu de Saint-Cloud le bocage enchanteur :

L'œil de son jet hardi mesure la hauteur ;

Aux eaux qui sur les eaux retombent et bondissent,

Les bassins, les bosquets, les grottes applaudissent ;

Le gazon est plus vert, l'air plus frais ; des oiseaux

Le chant s'anime au bruit de la chute des eaux ;

Et les bois, inclinant leurs têtes arrosées,

Semblent s'épanouir à ces douces rosées.

Plus simple, plus champêtre, et non moins belle aux yeux,

La cascade ornera de plus sauvages lieux.

De près est admirée, et de loin entendue,

Cette eau toujours tombante et toujours suspendue ;

Variée, imposante, elle anime à la fois

Les rochers et la terre, et les eaux et les bois.

Employez donc cet art ; mais loin l'architecture

De ces tristes gradins où, tombant en mesure,

D'un mouvement égal les flots précipités

Jusque dans leur fureur marchent à pas comptés.

La variété seule a le droit de vous plaire.

La cascade d'ailleurs a plus d'un caractère :

Il faut choisir. Tantôt d'un cours tumultueux

L'eau se précipitant dans son lit tortueux

Court, tombe et rejaillit, retombe, écume et gronde :

Tantôt avec lenteur développant son onde,

Sans colère, sans bruit, un ruisseau doux et pur

S'épanche, se déploie en un voile d'azur.

L'œil aime à contempler ces frais amphithéâtres,

Et l'or des feux du jour sur les nappes bleuâtres,

Et le noir des rochers, et le vert des roseaux,

Et l'éclat argenté de l'écume des eaux.

15

Consultez donc l'effet que votre art veut produire ;

Et çes flots, toujours prompts à se laisser conduire,

Vont vous offrir, plus lents ou plus impétueux,

Des tableaux gais ou fiers, grands ou voluptueux ;

Tableaux toujours puissants ! Eh ! qui n'a pas de l'onde

Eprouvé sur son cœur l'impression profonde ?

Toujours, soit qu'un courant vif et précipité

Sur des cailloux bondisse avec agilité ;

Soit que sur le limon une rivière lente

Déroule en paix les plis de son onde indolente ;

Soit qu'à travers les rocs un torrent en courroux

Se brise avec fracas ; triste ou gai, vif ou doux,

Leur cours excite, apaise, ou menace, ou caresse.

De Vénus, nous dit-on, l'écharpe enchanteresse

Renfermait les amours, et les tendres désirs,

Et la joie, et l'espoir, précurseur des plaisirs.

Les eaux sont ta ceinture, ô divine Cybèle !

Non moins impérieuse, elle renferme en elle

La gaîté, la tristesse, et le trouble et l'effroi.

Eh ! qui l'a mieux connu, l'a mieux senti que moi ?

Souvent, je m'en souviens, lorsque les chagrins sombres,

Que de la nuit encore avaient noirci les ombres,

Accablaient ma pensée et flétrissaient mes sens,

Si d'un ruisseau voisin j'entendais les accents,

J'allais, je visitais ses consolantes ondes ;

Le murmure, le frais de ses eaux vagabondes,

Suspendaient mes chagrins, endormaient ma douleur,

Et la sérénité renaissait dans mon cœur.

Tant du doux bruit des eaux l'influence est puissante !

Pour prix de ce bienfait, toi, dont le cours m'enchante,

Ruisseau, permets que l'art, sans trop t'enorgueillir,

T'embellisse à nos yeux, si l'art peut t'embellir.

Un ruisseau siérait mal dans une vaste plaine ;

Son lit n'y tracerait qu'une ligne incertaine :

Modestes, au grand jour se montrant à regret,

Ses flots veulent baigner un bocage secret;

Son cours orne les bois; les bois sont ses délices :

Là, je puis à loisir suivre tous ses caprices,

Son embarras charmant, sa pente, ses replis,

Le courroux de ses flots par l'obstacle embellis.

Tantôt dans un lit creux, qu'un noir taillis ombrage,

Cachant son onde agreste et sa course sauvage;

Tantôt à plein canal présentant son miroir;

Je le vois sans l'entendre, où l'entends sans le voir.

Là, ses flots amoureux vont embrasser des îles;

Plus loin, il se sépare en deux ruisseaux agiles,

Qui, se suivant l'un l'autre avec rapidité,

Disputent de vitesse et de limpidité,

Puis, rejoignant tous deux le lit qui les rassemble,

Murmurent enchantés de voyager ensemble.

Ainsi, toujours errant de détour en détour,

Muet, bruyant, paisible, inquiet tour à tour,

Sous mille aspects divers son cours se renouvelle.

Mais vers ses bords riants la rivière m'appelle.

Dans un champ plus ouvert, noble et pompeux tableau,

Son onde moins modeste en larges nappes d'eau

Roule, des feux du jour au loin étincelante.

Elle laisse au ruisseau sa gaîté pétulante,

Et son inquiétude et ses plis tortueux ;

Son lit, en longs courants, des vallons sinueux

Suivra les doux contours et la molle courbure.

Si le ruisseau des bois emprunte sa parure,

La rivière aime aussi que des arbres divers,

Les pâles peupliers, les saules demi-verts,

Ornent souvent son cours. Quelle source féconde

De scènes, d'accidents ! Là, j'aime à voir dans l'onde

Se renverser leur cime, et leurs feuillages verts

Trembler du mouvement et des eaux et des airs.

Ici, le flot bruni fuit sous leur voûte obscure ;

Là, le jour par filets pénètre leur verdure :

Tantôt dans le courant ils trempent leurs rameaux,

Et tantôt leur racine embarrasse les flots.

Souvent, d'un bord à l'autre étendant leur feuillage,

Ils semblent s'élancer et changer de rivage.

Ainsi, l'arbre et les eaux se prêtent leurs secours :

L'onde rajeunit l'arbre, et l'arbre orne son cours;

Et tous deux, s'alliant sous des formes sans nombre,

Font un échange aimable et de fraîcheur et d'ombre.

Sachez donc les unir; ou si, dans de beaux lieux,

La nature sans vous fit cet hymen heureux,

Respectez-la. Malheur à qui ferait mieux qu'elle !

Tel est, cher Watelet, mon cœur me le rappelle,

Tel est le simple asile où, suspendant son cours,

Pure comme tes mœurs, libre comme tes jours,

En canaux ombragés la Seine se partage,

Et visite en secret la retraite d'un sage.

Ton art la seconda; non cet art imposteur,

Des lieux qu'il croit orner hardi profanateur :

Digne de voir, d'aimer, de sentir la nature,

Tu traitas sa beauté comme une vierge pure,

Qui rougit d'être nue, et craint les ornements.

Je crois voir le faux goût gâter ces lieux charmants :

Ce moulin, dont le bruit nourrit la rêverie,

N'est qu'un son importun, qu'une meule qui crie ;

On l'écarte. Ces bords doucement contournés,

Par le fleuve lui-même en roulant façonnés,

S'alignent tristement. Au lieu de la verdure

Qui renferme le fleuve en sa molle ceinture,

L'eau dans des quais de pierre accuse sa prison ;

Le marbre fastueux outrage le gazon,

Et des arbres tondus la famille captive

Sur ces saules vieillis ose usurper la rive.

Barbares, arrêtez, et respectez ces lieux !

Et vous, fleuve charmant, vous, bois délicieux,

Si j'ai peint vos beautés, si, dès mon premier âge,

Je me plus à chanter les prés, l'onde, et l'ombrage,

Beaux lieux, offrez longtemps à votre possesseur

L'image de la paix qui règne dans son cœur.

Au défaut des courants formés par la nature,

L'art pourra vous prêter son heureuse imposture,

Sans doute; mais cet art veut un œil exercé.

Que les flots bien conduits, que leur cours bien tracé,

M'offrent de la rivière un portrait véritable;

Son lit, ses eaux, ses bords, que tout soit vraisemblable.

De ta rivière ainsi le cours fut façonné,

O toi, d'un couple auguste asile fortuné,

Délicieux Oatlands! ta plus riche parure,

Ce n'est point ton palais, tes fleurs et ta verdure,

Ni tes vastes lointains, ni cet antre charmant

Qui d'une nuit arabe offre l'enchantement;

Mais ces superbes eaux qu'en un fleuve factice

Le goût fit serpenter avec tant d'artifice.

L'œil charmé s'y méprend; dans ces nombreux détours

De la Tamise encore il croit suivre le cours;

Et, par l'illusion d'une savante optique

Qui confond les lointains dans sa vapeur magique,

D'un vieux pont supendu sur ce fleuve royal

Montre de loin la voûte embrassant ton canal:

Tant l'art a de pouvoir, et tant la perspective

Qui prête à vos tableaux sa beauté fugitive,

Par sa douce féerie et ses charmes secrets,

Colorant, approchant, éloignant les objets,

De son brillant prestige embellit les campagnes,

Comble ici les vallons, là baisse les montagnes,

Déguise les objets, les distances, les lieux,

Et, pour les mieux charmer, en impose à nos yeux !

Autant que la rivière, en sa molle souplesse,

D'un rivage anguleux redoute la rudesse,

Autant les bords aigus, les longs enfoncements,

Sont d'un lac étendu les plus beaux ornements.

Que la terre tantôt s'avance au sein des ondes,

Tantôt qu'elle ouvre aux flots des retraites profondes ;

Et qu'ainsi, s'appelant d'un mutuel amour,

Et la terre et les eaux se cherchent tour à tour.

Ces aspects variés amusent votre vue.

L'œil aime dans un lac une vaste étendue ;

Cependant offrez-lui quelques points de repos.

Si vous n'interrompez l'immensité des flots ,

Mes yeux sans intérêt glissent sur leur surface.

Ainsi, pour abréger leur insipide espace,

Ou qu'un frais bâtiment, des chaleurs respecté ,

Se présente de loin dans les flots répété ;

Ou bien faites éclore une île de verdure :

Les îles sont des eaux la plus riche parure ;

Ou relevez leurs bords, ou qu'en bouquets épars

Des masses d'arbres verts arrêtent vos regards.

Par un contraire effet si vous voulez l'étendre,

Aux bords trop exhaussés ordonnez de descendre ;

Ou reculez vos bois, ou commandez que l'eau

Se perde en un bosquet, tourne au pied d'un coteau.

A travers ces rideaux où l'eau fuit et se plonge

L'imagination la suit et la prolonge.

Ainsi votre œil jouit de ce qu'il ne voit pas ;

Ainsi le goût savant prête à tout des appas,

La Colonnade dans le Jardin de Monceaux
à Paris.

Chapsal, Éditeur

Et des objets qu'il crée, et de ceux qu'il imite,
Resserre, étend, découvre, ou cache la limite.

Du frais miroir des eaux, de leurs nombreux reflets
Sachez aussi connaître et saisir les effets.
Quelle que soit leur forme, étang, lac ou rivière,
Qu'il soit pour vos bosquets un centre de lumière,
Un foyer éclatant d'où les rayons du jour
Pénètrent doucement dans les bois d'alentour,
Et de l'onde au bocage, et du bocage à l'onde,
Promènent en jouant leur lueur vagabonde.
L'œil aime à voir glisser à travers les rameaux
Et leur clarté tremblante et leurs jours inégaux :
Là leur teinte est plus claire, ici plus rembrunie,
Et de leurs doux combats résulte l'harmonie.

Or, maintenant que l'art dans ses jardins pompeux
Insulte à mes travaux, dans mes jardins heureux

Partout respire un air de liberté, de joie :

La pelouse riante à son gré se déploie ;

Les bois indépendants relèvent leurs rameaux,

Les fleurs bravent l'équerre, et l'arbre les ciseaux ;

L'onde chérit ses bords, la terre, sa parure :

Tout est beau, simple et grand ; c'est l'art de la nature.

Que dis-je ? vos travaux sont encore imparfaits ;

Ces étangs sont déserts, et ces lacs sont muets.

Eh bien ! pour animer leur surface immobile,

L'art vous présente encor plus d'un moyen utile.

Pourquoi sur ces flots morts ne déployez-vous pas

Le flottant appareil des rames et des mâts ?

Leur aspect vous amuse, et des barques légères

Votre œil de loin poursuit les traces passagères ;

Zéphyre de la toile enfle les plis mouvants,

Et chaque banderole est le jouet des vents.

Faites plus ; que la tanche, et la perche, et l'anguille,

Y propagent en paix leur nombreuse famille :

Donnez-leur quelques soins ; que, docile à vos lois,

Leur troupe familière accoure à votre voix.

Joignez-y ces oiseaux qui, d'une rame agile,

Navigateurs ailés, fendent l'onde docile :

A leur tête s'avance et nage avec fierté

Le cygne au cou superbe, au plumage argenté,

Le cygne à qui l'erreur prêta des chants aimables,

Et qui n'a pas besoin du mensonge des fables;

A sa suite un essaim de ces oiseaux rameurs,

Tous différents de voix, de plumage, de mœurs,

Fend les eaux, bat les airs de ses ailes bruyantes :

Tout jouit, tout s'anime, et les eaux sont vivantes.

Et si des faits anciens, des traits miraculeux,

Des amours, des combats, ou vrais, ou fabuleux,

Créés par les romans, ou vivant dans l'histoire,

D'un ruisseau, d'une source, ont consacré la gloire;

De leur antique honneur ces flots enorgueillis

Par d'heureux souvenirs sont assez embellis.

Quel cœur sans être ému trouverait Aréthuse,

Alphée, où le Lignon; toi surtout, toi, Vaucluse,

Vaucluse, heureux séjour, que sans enchantement

Ne peut voir nul poëte, et surtout nul amant?

Dans ce cercle de monts qui, recourbant leur chaîne,

Nourrissent de leurs eaux ta source souterraine,

Sous la roche voûtée, antre mystérieux,

Où ta nymphe, échappant aux regards curieux,

Dans un gouffre sans fond cache sa source obscure,

Combien j'aimais à voir ton eau qui, toujours pure,

Tantôt dans son bassin renferme ses trésors,

Tantôt en bouillonnant s'élève, et de ses bords

Versant parmi des rocs ses vagues blanchissantes,

De cascade en cascade au loin rejaillissantes,

Tombe et roule à grand bruit; puis, calmant son courroux,

Sur un lit plus égal répand des flots plus doux,

Et, sous un ciel d'azur, coule, arrose et féconde

Le plus riant vallon qu'éclaire l'œil du monde!

Mais ces eaux, ce beau ciel, ce vallon enchanteur,

Moins que Pétrarque et Laure intéressaient mon cœur.

La voilà donc, disais-je, oui, voilà cette rive
Que Pétrarque charmait de sa lyre plaintive !
Ici Pétrarque, à Laure exprimant son amour,
Voyait naître trop tard, mourir trop tôt le jour.
Retrouverai-je encor sur ces rocs solitaires
De leurs chiffres unis les tendres caractères ?
Une grotte écartée avait frappé mes yeux :
Grotte sombre, dis-moi si tu les vis heureux !
M'écriais-je. Un vieux tronc bordait-il le rivage ?
Laure avait reposé sous son antique ombrage.
Je redemandais Laure à l'écho du vallon,
Et l'écho n'avait point oublié ce doux nom.
Partout mes yeux cherchaient, voyaient Pétrarque et Laure,
Et par eux ces beaux lieux s'embellissaient encore.

Ah ! si dans vos travaux est toujours respecté
Le lieu par un grand homme autrefois habité,
Combien doit l'être un sol embelli par lui-même !
Dans ces sites fameux, c'est leur maître qu'on aime.

Eh ! qui, du Tusculum de l'orateur romain,

Du Tivoli, si cher au Pindare latin,

Aurait osé changer la forme antique et pure ?

Tout ornement l'altère, et l'art lui fait injure.

Loin donc l'audacieux qui, pour le corriger,

Profane un lieu célèbre en voulant le changer !

Le grand homme au tombeau se plaint de cet outrage,

Et les ans seuls ont droit d'embellir son ouvrage.

Gardez donc d'attenter à ces lieux révérés ;

Leurs débris sont divins, leurs défauts sont sacrés :

Conservez leurs enclos, leurs jardins, leurs murailles.

Tel on laisse sa rouille au bronze des médailles :

Tel j'ai vu ce Twicknham, dont Pope est créateur ;

Le goût le défendit d'un art profanateur,

Et ses maîtres nouveaux, révérant sa mémoire,

Dans l'œuvre de ses mains ont respecté sa gloire.

Ciel ! avec quel transport j'ai visité ce lieu

Dont Mindipe est le maître, et dont Pope est le dieu !

Le plus humble réduit avait pour moi des charmes.

Le voilà, ce musée où, l'œil trempé de larmes,

De la tendre Héloïse il soupirait le nom;

Là, sa muse évoquait Achille, Agamemnon,

Célébrait Dieu, le monde, et ses lois éternelles,

Ou les règles du goût, ou les cheveux des belles.

Je reconnais l'alcôve où, jusqu'à son réveil,

Les doux rêves du sage amusaient son sommeil;

Voici le bois secret, voici l'obscure allée

Où s'échauffait sa verve, en beaux vers exhalée.

Approchez, contemplez ce monument pieux

Où pleurait en silence un fils religieux:

Là repose sa mère; et des touffes plus sombres

Sur ce saint mausolée ont redoublé leurs ombres;

Là, du Parnasse anglais le chantre favori

Se fit porter mourant sous son bosquet chéri;

Et son œil, que déjà couvrait l'ombre éternelle,

Vint saluer encor la tombe maternelle.

Salut, saule fameux que ses mains ont planté!

Hélas! tes vieux rameaux dans leur caducité

En vain sur leurs appuis reposent leur vieillesse,

Un jour tu périras; ses vers vivront sans cesse.

17

Console-toi pourtant; celui qui, dans ses vers,

D'Homère, le premier, fit ouïr les concerts,

Bienfaiteur des jardins ainsi que du langage,

Le premier sur les eaux suspendit ton ombrage :

A peine le passant voit ce tronc respecté,

La rame est suspendue, et l'esquif arrêté ;

Et même en s'éloignant, vers ce lieu qu'il adore

Ses regards prolongés se retournent encore.

Mon sort est plus heureux ; par un secret amour

Près de ces bois sacrés j'ai fixé mon séjour.

Eh ! comment résister au charme qui m'entraîne ?

Par plus d'un doux rapport mon penchant m'y ramène.

Le chantre d'Ilion fut embelli par toi ;

Virgile, moins heureux, fut imité par moi.

Comme toi, je chéris ma noble indépendance ;

Comme toi, des forêts je cherche le silence.

Aussi, dans ces bosquets par ta muse habités

Viennent errer souvent mes regards enchantés.

J'y crois entendre encor ta voix mélodieuse ;

J'interroge tes bois, ta grotte harmonieuse ;

Je plonge sous sa voûte avec un saint effroi,

Et viens lui demander des vers dignes de toi.

Protége donc ma muse ; et si ma main fidèle

Jadis à nos Français te montra pour modèle,

Inspire encor mes chants ; c'est toi dont le flambeau

Guida l'art des jardins dans un chemin nouveau :

Ma voix t'en fait hommage, et dans ce lieu champêtre

Je viens t'offrir les fleurs que toi-même as fait naître.

PARC DE M. AM. PICHOT, A BELLEVUE.

CHANT QUATRIÈME.

Jardin de l'Hôtel de l'Ambassade de Prusse.
à Paris.

Thinot del.

Ch. Ransonnette sc.

Chapsal, Éditeur.

Imp. Chardon J.né

PARC DE M. DE PONGERVILLE, A NANTERRE.

CHANT QUATRIÈME.

Non, je ne puis quitter le spectacle des champs.

Eh ! qui dédaignerait ce sujet de mes chants ?

Il inspirait Virgile, il séduisait Homère.

Homère, qui d'Achille a chanté la colère.

Qui nous peint la Terreur attelant ses coursiers,

Le vol sifflant des dards, le choc des boucliers,

Le trident de Neptune ébranlant les murailles,

Se plaît à rappeler, au milieu des batailles,

Les bois, les prés, les champs; et de ces frais tableaux

Les riantes couleurs délassent ses pinceaux :

Et lorsque pour Achille il prépare des armes,

S'il y grave d'abord les siéges, les alarmes,

Le vainqueur tout poudreux, le vaincu tout sanglant,

Sa main trace bientôt, d'un burin consolant,

La vigne, les troupeaux, les bois, les pâturages ;

Le héros se revêt de ces douces images,

Part, et porte à travers les affreux bataillons

L'innocente vendange et les riches moissons.

Chantre divin, je laisse à tes muses altières

Le soin de diriger ces phalanges guerrières:

Diriger les jardins est mon paisible emploi.

Déjà le sol docile a reconnu ma loi ;

Des gazons l'ont couvert ; et de sa main vermeille

Flore sur leur tapis a versé sa corbeille ;

Des bois ont couronné les rochers et les eaux.

Maintenant, pour jouir de ces brillants tableaux,

Dans ces champs découverts, sous ces obscures voûtes,

D'agréables sentiers vont me frayer des routes.

Des scènes à ma voix naîtront de toutes parts ;

Pour les orner enfin j'y conduirai les arts ;

Et le ciseau divin, la noble architecture,

Vont de ces lieux charmants achever la parure.

Les sentiers, de nos pas guides ingénieux,

Doivent, en les montrant, nous embellir ces lieux.

Dans vos jardins naissants je défends qu'on les trace ;

Dans vos plants achevés l'œil choisit mieux leur place.

Vers les plus beaux aspects sachez les diriger ;

Voyez, lorsque vous-même aux yeux de l'étranger

Vous montrez vos travaux, votre art avec adresse

Va chercher ce qui plaît, évite ce qui blesse,

Lui découvre en passant des sites enchantés,

Lui réserve au retour de nouvelles beautés,

De surprise en surprise et l'amuse et l'entraîne,

D'une scène qui fuit fait naître une autre scène ;

Et, toujours remplissant ou piquant son désir,

Souvent, pour l'augmenter, diffère son plaisir.

Eh bien ! que vos sentiers vous imitent vous-même.

Dans leurs formes encor fuyez tout vain système,

Enfant du mauvais goût, par la mode adopté.

La mode règne aux champs ainsi qu'à la cité.

Quand de leur symétrique et pompeuse ordonnance

Les jardins d'Italie eurent charmé la France,

Tout de cet art brillant fut prompt à s'éblouir :

Pas un arbre au cordeau n'osa désobéir ;

Tout s'aligna. Partout, en deux rangs étalées,

S'allongèrent sans fin d'éternelles allées.

Autre temps, autre goût : enfin le parc anglais

D'une beauté plus libre avertit le Français ;

Dès lors on ne vit plus què lignes ondoyantes,

Que sentiers tortueux, que routes tournoyantes.

Lassé d'errer, en vain le terme est devant moi ;

Il faut encore errer, serpenter malgré soi,

Et, maudissant vingt fois votre importune adresse,

Suivre sans cesse un but qui recule sans cesse.

Evitez ces excès ; tout excès dure peu.

De ces sentiers divers chaque genre a son lieu :

L'un conduit aux aspects dont la grandeur frappante

De loin fixe mes yeux et nourrit mon attente ;

L'autre m'égarera dans ces réduits secrets

Qu'un art mystérieux semble voiler exprès.

Mais rendez naturel ce dédale factice :

Qu'il ait l'air du besoin, et non pas du caprice ;

Que divers accidents rencontrés dans son cours,

Les bois, les eaux, le sol, commandent ces détours.

Dans leur forme j'exige une heureuse souplesse ;

Des longs alignements si je hais la tristesse,

Je hais bien plus encor le cours embarrassé

D'un sentier qui, pareil à ce serpent blessé,

18

En replis convulsifs sans cesse s'entrelace,

De détours redoublés m'inquiète, me lasse,

Et sans variété, brusque et capricieux,

Tourmente et le terrain, et mes pas, et mes yeux.

Il est des plis heureux, des courbes naturelles,

Dont les champs quelquefois vous offrent des modèles ;

La route de ces chars, la trace des troupeaux

Qui d'un pas négligent regagnent les hameaux,

La bergère indolente, et qui, dans les prairies,

Semble suivre au hasard ses tendres rêveries,

Vous enseignent ces plis mollement onduleux.

Loin donc de vos sentiers les contours anguleux ;

Surtout, quand vers le but un long détour nous mène,

Songez que le plaisir doit racheter la peine.

Des poëtes fameux osez imiter l'art ;

Si leur muse en marchant se permet un écart,

Ce détour me rit plus que le chemin lui-même :

C'est Nisus défendant Euryale qu'il aime ;

C'est au tombeau d'Hector son Andromaque en pleurs :

Qu'ainsi votre art m'égare en de douces erreurs.

Des plus riants objets égayez le passage,

Et qu'au terme arrivés, votre art nous dédommage

Par d'aimables aspects, de riches ornements,

De ce vivant poëme épisodes charmants.

Ici vous m'offrirez des antres verts et sombres,

Qu'habitent la fraîcheur, le silence et les ombres ;

L'imagination y devance les yeux.

Plus loin, c'est un beau lac qui réfléchit les cieux ;

Tantôt, dans le lointain, confuse et fugitive,

Se déploie une immense et noble perspective ;

Quelquefois un bosquet riant, mais recueilli,

Par la nature et vous richement embelli,

Plein d'ombres et de fleurs, et d'un luxe champêtre,

Semble dire : « Arrêtez ! où pouvez-vous mieux être ? »

Soudain la scène change : au lieu de la gaîté,

C'est la mélancolie et la tranquillité ;

C'est le calme imposant des lieux où sont nourries

La méditation, les longues rêveries.

Là, l'homme avec son cœur revient s'entretenir,

Médite le présent, plonge dans l'avenir,

Songe aux biens, songe aux maux, épars dans sa carrière ;

Quelquefois, rejetant ses regards en arrière,

Se plaît à distinguer dans le cercle des jours

Ce peu d'instants, hélas ! et si chers et si courts,

Ces fleurs dans un désert, ces temps où le ramène

Le regret du bonheur et même de la peine.

Craignez donc d'imiter ces froids décorateurs

Qui ne veulent jamais que des objets flatteurs ;

Jamais rien de hardi dans leurs froids paysages ;

Partout de frais berceaux et d'élégants bocages,

Toujours des fleurs, toujours des festons ; c'est toujours

Ou le temple de Flore ou celui des Amours :

Leur gaîté monotone à la fin m'importune.

Mais vous, osez sortir de la route commune ;

Inventez, hasardez des contrastes heureux ;

Des effets opposés peuvent s'aider entre eux.

Imitez Le Poussin : aux fêtes bocagères

Il nous peint les bergers et les jeunes bergères,

Les bras entrelacés, dansant sous des ormeaux,

Et près d'eux une tombe où sont écrits ces mots :

« Et moi je fus aussi pasteur dans l'Arcadie. »

Ce tableau des plaisirs, du néant de la vie,

Semble dire : « Mortels, hâtez-vous de jouir ;

« Jeux, danses et bergers, tout va s'évanouir. »

Et, dans l'âme attendrie, à la vive allégresse

Succède par degrés une douce tristesse.

Imitez ces effets ; en de riants tableaux

Ne craignez point d'offrir des urnes, des tombeaux,

D'offrir de vos douleurs le monument fidèle.

Eh ! qui n'a pas pleuré quelque perte cruelle ?

Loin d'un monde léger, venez donc à vos pleurs.

Venez associer les bois, les eaux, les fleurs.

Tout devient un ami pour les âmes sensibles.

Déjà, pour l'embrasser de leurs ombres paisibles

Se penchent sur la tombe, objet de vos regrets,

L'if, le sombre sapin, et toi, triste cyprès;

Fidèle ami des morts, protecteur de leur cendre,

Ta tige, chère au cœur mélancolique et tendre,

Laisse la joie au myrte et la gloire au laurier :

Tu n'es point l'arbre heureux de l'amant, du guerrier,

Je le sais; mais ton deuil compatit à nos peines.

Dans tous ces monuments point de recherches vaines.

Pouvez-vous allier, dans ces objets touchants,

L'art avec la douleur, le luxe avec les champs ?

Surtout ne feignez rien. Loin ce cercueil factice,

Ces urnes sans douleur que plaça le caprice;

Loin ces vains monuments d'un chien ou d'un oiseau :

C'est profaner le deuil, insulter au tombeau.

Ah ! si d'aucun ami vous n'honorez la cendre,

Voyez sous ces vieux ifs la tombe où vont descendre

Ceux qui, courbés pour vous sur des sillons ingrats,

Au sein de la misère espèrent le trépas.

Rougiriez-vous d'orner leurs humbles sépultures ?

Vous n'y pouvez graver d'illustres aventures,

Sans doute. Depuis l'aube, où le coq matinal

Des rustiques travaux leur donne le signal,

Jusques à la veillée, où leur jeune famille

Environne avec eux le sarment qui pétille,

Dans les mêmes travaux roulent en paix leurs jours ;

Des guerres, des traités n'en marquent point le cours.

Naître, souffrir, mourir, c'est toute leur histoire.

Mais leur cœur n'est point sourd au bruit de leur mémoire.

Quel homme vers la vie, au moment du départ,

Ne se tourne, et ne jette un triste et long regard,

A l'espoir d'un regret ne sent pas quelque charme,

Et des yeux d'un ami n'attend pas quelque larme ?

Pour consoler leur vie, honorez donc leur mort.

Celui qui, de son rang faisant rougir le sort,

Servit son Dieu, son roi, son pays, sa famille,

Qui grava la pudeur sur le front de sa fille,

D'une pierre moins brute honorez son tombeau ;

Tracez-y ses vertus, et les pleurs du hameau ;

Qu'on y lise : « Ci–gît le bon fils, le bon père,

Le bon époux. » Souvent un charme involontaire

Vers ces enclos sacrés appellera vos yeux.

Et toi qui vins chanter sous ces arbres pieux,

Avant de les quitter, Muse, que ta guirlande

Demeure à leurs rameaux suspendue en offrande.

Que d'autres dans leurs vers célèbrent la beauté ;

Que leur muse, toujours ivre de volupté,

Ne se montre jamais qu'un myrte sur la tête,

Qu'avec ses chants de joie et ses habits de fête ;

Toi, tu dis au tombeau des chants consolateurs,

Et ta main la première y jeta quelques fleurs.

Revenons, il est temps, sous de plus gais ombrages.

L'architecture encore au fond de ces bocages

M'attend pour les orner d'édifices charmants.

Ce ne sont plus du deuil les tristes monuments ;

Ce sont d'heureux réduits dont la riche parure,

D'arbres environnée, embellit leur verdure.

Mais j'en permets l'usage, et j'en proscris l'abus.

Bannissez des jardins tout cet amas confus

D'édifices divers prodigués par la mode,

Obélisque, rotonde, et kiosque et pagode,

Ces bâtiments romains, grecs, arabes, chinois,

Chaos d'architecture et sans but et sans choix,

Dont la profusion, stérilement féconde,

Enferme en un jardin les quatre parts du monde.

Dans Stow, je l'avoûrai, l'art plus judicieux

Et choisit mieux leur forme, et les disposa mieux :

Je crois, en admirant leur pompe enchanteresse,

Ou voyager dans Rome, ou parcourir la Grèce.

Mais les Grecs, les Romains, et les âges passés,

Seuls dans ces grands travaux ne sont pas retracés :

Non. Ces lieux embellis par vous, par vos ancêtres,

O couple vertueux ! me parlent de leurs maîtres ;

Ces murs que la concorde honore de son nom

De votre heureux hymen me montrent l'union :

Qui peut voir, sans songer à vos vertus publiques,

Ce monument sacré des vertus politiques ?

Salut, temple des arts, temple de l'amitié...

Mais quoi ! je n'y vois point l'autel de la pitié !

Qui pourtant mieux que vous connut sa douce flamme ?

Ah ! s'il n'est dans ces lieux, son temple est dans votre âme.

En vain cet Élysée, aimable et doux abri,

Croit être du bonheur le séjour favori ;

Il n'est point confiné dans ce riant asile,

Il vous suit aux hameaux, à la cour, à la ville ;

Et faisant des heureux sans craindre des ingrats,

L'Élysée est partout où s'adressent vos pas.

Quels que soient leur grandeur, leur nombre, leur figure,

Des bâtiments divers que la forme soit pure.

N'y cherchez pas non plus un oisif ornement ,

Et sous l'utilité déguisez l'agrément.

La ferme, le trésor, le plaisir de son maître,

Réclamera d'abord sa parure champêtre.

Que l'orgueilleux château ne la dédaigne pas ;

Il lui doit sa richesse ; et ses simples appas

L'emportent sur son luxe, autant que l'art d'Armide

Cède au souris naïf d'une vierge timide.

La ferme ! A ce nom seul, les moissons, les vergers,

Le règne pastoral, les doux soins des bergers,

Ces biens de l'âge d'or, dont l'image chérie

Plut tant à mon enfance, âge d'or de la vie,

Réveillent dans mon cœur mille regrets touchants.

Venez ; de vos oiseaux j'entends déjà les chants ;

J'entends rouler les chars qui traînent l'abondance,

Et le bruit des fléaux qui tombent en cadence.

Ornez donc ce séjour; mais, absurde à grands frais,

N'allez pas ériger une ferme en palais.

Élégante à la fois et simple dans son style,

La ferme est aux jardins ce qu'aux vers est l'idylle.

Ah! par les dieux des champs, que le luxe effronté

De ce modeste lieu soit toujours rejeté.

N'allez pas déguiser vos pressoirs et vos granges.

Je veux voir l'appareil des moissons, des vendanges;

Que le crible, le van où le froment doré

Bondit avec la paille et retombe épuré,

La herse, les traîneaux, tout l'attirail champêtre,

Sans honte à mes regards osent ici paraître;

Surtout des animaux que le tableau mouvant

Au dedans, au dehors, lui donne un air vivant.

Ce n'est plus du château la parure stérile,

La grâce inanimée, et la pompe immobile:

Tout vit, tout est peuplé dans ces murs, sous ces toits.

Que d'oiseaux différents et d'instinct et de voix,

Habitant sous l'ardoise, ou la tuile, ou le chaume,

Famille, nation, république, royaume,

M'occupent de leurs mœurs, m'amusent de leurs jeux !

A leur tête est le coq, père, amant, chef heureux,

Qui, roi sans tyrannie, et sultan sans mollesse,

A son sérail ailé prodiguant sa tendresse,

Aux droits de la valeur joint ceux de la beauté,

Commande avec douceur, caresse avec fierté,

Et, fait pour les plaisirs, et l'empire et la gloire,

Aime, combat, triomphe, et chante sa victoire.

Vous aimerez à voir leurs jeux et leurs combats,

Leurs haines, leurs amours, et jusqu'à leurs repas.

La corbeille à la main, la sage ménagère

A peine a reparu; la nation légère,

Du sommet de ses tours, du penchant de ses toits,

En tourbillons bruyants descend toute à la fois ;

La foule avide en cercle autour d'elle se presse :

D'autres, toujours chassés et revenant sans cesse,

Assiégent la corbeille, et jusque dans la main,

Parasites hardis, viennent ravir le grain.

Soignez donc, protégez ce peuple domestique ;

Que leur logis soit sain, et non pas magnifique.

Que leur font des réduits richement décorés,

Le marbre des bassins, les grillages dorés ?

Un seul grain de millet leur plairait davantage ;

La Fontaine l'a dit. O véritable sage !

La Fontaine, c'est toi qu'il faudrait en ces lieux ;

Chantre heureux de l'instinct, ils t'inspireraient mieux :

Le paon, fier d'étaler l'iris qui le décore,

Du dindon rengorgé l'orgueil plus sot encore,

Pourraient à nos dépens égayer ton pinceau ;

Là, de tes deux pigeons tu verrais le tableau,

Et deux coqs amoureux, à la discorde en proie,

Te feraient dire encore : « Amour ! tu perdis Troie. »

Ainsi nous plaît la ferme, et son air animé.

Dans cet autre réduit quel peuple renfermé

De ses cris inconnus a frappé mes oreilles ?

Là sont des animaux, étrangères merveilles ;

Là, dans un doux exil vivent emprisonnés

Quadrupèdes, oiseaux, l'un de l'autre étonnés.

N'allez pas rechercher les espèces bizarres ;

Préférez les plus beaux et non pas les plus rares :

Offrez-nous ces oiseaux qui, nés sous d'autres cieux,

Favoris du soleil, brillent de tous ses feux,

L'or pourpré du faisan, l'émail de la pintade.

Logez plus richement ces oiseaux de parade,

Eux-mêmes sont un luxe ; et puisque leur beauté

Rachète à vos regards leur inutilité,

De ces captifs brillants que les maisons soient belles.

Surtout ne m'offrez point ces animaux rebelles

De qui l'orgueil s'indigne et languit dans nos fers.

Eh ! quel œil sans regret peut voir le roi des airs,

L'aigle, qui se jouait au milieu de l'orage,

Oublier aujourd'hui dans une indigne cage

La fierté de son vol et l'éclair de ses yeux ?

Rendez-lui le soleil et la voûte des cieux :

Un être dégradé ne peut jamais nous plaire.

Tandis que, déployant leur parure étrangère,

Ces hôtes différents semblent briguer mon choix,

Mon odorat charmé m'appelle sous ces toits

Où, de même exilés et ravis à leur terre,

D'étrangers végétaux habitent sous le verre.

Entourez d'un air doux ces frêles rejetons ;

Mais, vainqueur des climats, respectez les saisons :

Ne forcez point d'éclore au sein de la froidure

Des biens qu'à d'autres temps destinait la nature ;

Laissez aux lieux flétris par des hivers constants

Ces fruits d'un faux été, ces fleurs d'un faux printemps ;

Et lorsque le soleil va mûrir vos richesses,

Sans forcer ses présents, attendez ses largesses.

Thénot del.   J. Cholet sc.

_ Le Villancourbe _

au Petit Trianon.

Imp. par Chardon, J.ᵉ

Chapusi, Editeur.

Mais j'aime à voir ces toits, ces abris transparents,

Recéler des climats les tributs différents,

Cet asile enhardir le jasmin d'Ibérie,

La pervenche frileuse oublier sa patrie,

Et le jaune ananas, par ces chaleurs trompé,

Vous livrer de son fruit le trésor usurpé.

Tel nous plaît Trianon ; tel Paris nous étale

De deux mondes rivaux la pompe végétale.

Tel, formant une cour à l'épouse des rois,

Kiow des plants étrangers a rassemblé le choix :

A ces sujets nouveaux leur reine vient sourire ;

Chacun, comme Albion, bénit son doux empire,

Et, retrouvant ici son climat, sa saison,

Pardonne son exil, et chérit sa prison.

Motivez donc toujours vos divers édifices,

Des animaux, des fleurs, agréables hospices.

20

Combien d'autres encore, adoptés par les lieux,

Approuvés par le goût, peuvent charmer nos yeux !

Sous ces saules que baigne une onde salutaire

Je placerais du bain l'asile solitaire ;

Plus loin, une cabane ou règne la fraîcheur

Offrirait les filets et la ligne au pêcheur.

Vous voyez de ce bois la douce solitude :

J'y consacre un asile aux Muses, à l'étude.

Dans ce majestueux et long enfoncement

J'ordonne un obélisque, auguste monument ;

Il s'élève, et j'écris sur la pierre attendrie :

« A nos braves marins mourant pour la patrie. »

Quelques pleurs, en passant, s'échappent de vos yeux.

Là-haut, c'est une tour, où l'art ingénieux

Elève et fait jouer ces tablettes parlantes

Qui des faits confiés à leurs feuilles mouvantes

Se transmettent dans l'air les rapides signaux.

Indignée à l'aspect de ces courriers nouveaux,

La déesse aux cent yeux, aux cent voix infidèles,

A brisé sa trompette, et replié ses ailes.

Ainsi vos bâtiments, vos asiles divers

Ne seront point oisifs, ne seront point déserts.

Au site assortissez leur figure, leur masse;

Que chacun, avec goût établi dans sa place,

Jamais trop resserré, jamais trop étendu,

Laisse briller la scène, et n'y soit point perdu.

Sachez ce qui convient ou nuit au caractère.

Un réduit écarté, dans un lieu solitaire,

Peint mieux la solitude encore et l'abandon.

Montrez-vous donc fidèle à chaque expression :

N'allez pas au grand jour offrir un ermitage;

Ne cachez point un temple au fond d'un bois sauvage.

Un temple veut paraître au penchant d'un coteau ;

Son site aérien répand dans le tableau

L'éclat, la majesté, le mouvement, la vie ;

Je crois voir un aspect de la belle Ausonie.

Par un contraire effet vous cacherez au jour

L'asile du silence ou celui de l'amour :

Ainsi de Radzivil se dérobe le temple ;

L'œil de loin le devine, et de près le contemple

Dans son île charmante, abri voluptueux.

Là, tout est frais, riant, simple, majestueux :

Au dedans, un jour doux, le calme, le mystère,

Les traits chéris du dieu qu'en secret on révère ;

Au dehors, les parfums de cent vases divers

En nuage odorant exhalés dans les airs ;

Ce beau lac dont l'azur réfléchit son portique,

Ces restes d'un vieux temple, et cette voûte antique

Qui voit d'heureux troupeaux dormir aux mêmes lieux

Où leur sang autrefois eût coulé pour les dieux ;

L'heureuse allégorie, et la fable, et l'histoire,

Tout ce qui plaît aux yeux et parle à la mémoire,

La nature et les arts, le génie et le goût,

Tout sert à l'embellir; lui-même embellit tout.

Heureux quand Radzivil daigne en orner les fêtes,

Et vient au dieu du temple assurer des conquêtes !

Telle est des bâtiments la grâce et la beauté.

Mais de ces monuments la brillante gaîté,

Et leur luxe moderne, et leur fraîche jeunesse,

D'un auguste débris valent-ils la vieillesse ?

L'aspect désordonné de ces grands corps épars,

Leur forme pittoresque, attachent les regards;

Par eux le cours des ans est marqué sur la terre ;

Détruits par les volcans, ou l'orage, ou la guerre,

Ils instruisent toujours, consolent quelquefois.

Ces masses, qui du temps sentent aussi le poids,

Enseignent à céder à ce commun ravage,

A pardonner au sort. Telle jadis Carthage

Vit sur ses murs détruits Marius malheureux ;

Et ces deux grands débris se consolaient entre eux.

Liez donc à vos plants ces vénérables restes.

Et toi qui, m'égarant dans ces sites agrestes,

Bien loin des lieux frayés, des vulgaires chemins,

Par des sentiers nouveaux guides l'art des jardins,

O sœur de la Peinture, aimable Poésie,

A ces vieux monuments viens redonner la vie ;

Viens présenter au goût ces riches accidents

Que de ses lentes mains a dessinés le temps.

Tantôt c'est une antique et modeste chapelle,

Saint asile où jadis, dans la saison nouvelle,

Vierges, femmes, enfants, sur un rustique autel

Venaient pour les moissons implorer l'Éternel ;

Un long respect consacre encore ces ruines :

Tantôt c'est un vieux fort qui, du haut des collines,

Tyran de la contrée, effroi de ses vassaux,

Portait jusques au ciel l'orgueil de ses créneaux;

Qui, dans ces temps affreux de discorde et d'alarmes,

Vit les grands coups de lance et les nobles faits d'armes

De nos preux chevaliers, des Bayard, des Henris;

Aujourd'hui la moisson flotte sur ses débris.

Ces débris, cette mâle et triste architecture

Qu'environne une fraîche et riante verdure,

Ces angles, ces glacis, ces vieux restes de tours

Où l'oiseau couve en paix le fruit de ses amours,

Et ces troupeaux peuplant ces enceintes guerrières,

Et l'enfant qui se joue où combattaient ses pères;

Saisissez ce contraste, et déployez aux yeux

Ce tableau doux et fier, champêtre et belliqueux.

Plus loin, une abbaye antique, abandonnée,

Tout à coup s'offre aux yeux, de bois environnée.

Quel silence ! C'est là qu'amante du désert

La Méditation avec plaisir se perd

Sous ces portiques saints, où des vierges austères,

Jadis, comme ces feux, ces lampes solitaires

Dont les mornes clartés veillent dans le saint lieu,

Pâles, veillaient, brûlaient, se consumaient pour Dieu.

Le saint recueillement, la paisible innocence

Semble encor de ces lieux habiter le silence;

La mousse de ces murs, ce dôme, cette tour,

Les arcs de ce long cloître impénétrable au jour,

Les degrés de l'autel usés par la prière,

Ces noirs vitraux, ce sombre et profond sanctuaire

Où peut-être des cœurs, en secret malheureux,

A l'inflexible autel se plaignaient de leurs nœuds,

Et pour des souvenirs encor trop pleins de charmes

A la religion dérobaient quelques larmes;

Tout parle, tout émeut dans ce séjour sacré :

Là, dans la solitude en rêvant égaré,

Quelquefois vous croirez, au déclin d'un jour sombre,

D'une Héloïse en pleurs entendre gémir l'ombre.

Mettez donc à profit ces restes révérés,

Augustes ou touchants, profanes ou sacrés.

Mais loin ces monuments dont la ruine feinte

Imite mal du temps l'inimitable empreinte,

Tous ces temples anciens récemment contrefaits,

Ces restes d'un château qui n'exista jamais,

Ces vieux ponts nés d'hier, et cette tour gothique

Ayant l'air délabré sans avoir l'air antique,

Artifice à la fois impuissant et grossier :

Je crois voir cet enfant tristement grimacier,

Qui, jouant la vieillesse et ridant son visage,

Perd, sans paraître vieux, les grâces du jeune âge.

Mais un débris réel intéresse mes yeux :

Jadis contemporain de nos simples aïeux,

J'aime à l'interroger, je me plais à le croire;

Des peuples et des temps il me redit l'histoire;

Plus ces temps sont fameux, plus ces peuples sont grands,

Et plus j'admirerai ces restes imposants.

O champs de l'Italie ! ô campagnes de Rome,

Où dans tout son orgueil gît le néant de l'homme !

C'est là que des aspects fameux par de grands noms,

Pleins de grands souvenirs et de hautes leçons,

Vous offrent ces objets, trésors des paysages.

Voyez de toutes parts comment le cours des âges

Dispersant, déchirant de précieux lambeaux,

Jetant temple sur temple, et tombeaux sur tombeaux,

De Rome étale au loin la ruine immortelle ;

Ces portiques, ces arcs, où la pierre fidèle

Garde du peuple-roi les exploits éclatants :

Leur masse indestructible a fatigué le temps.

Des fleuves suspendus ici mugissait l'onde ;

Sous ces portes passaient les dépouilles du monde ;

Partout confusément dans la poussière épars,

Les thermes, les palais, les tombeaux des Césars,

Tandis que de Virgile, et d'Ovide, et d'Horace,

La douce illusion nous montre encor la trace.

Heureux, cent fois heureux l'artiste des jardins

Dont l'art peut s'emparer de ces restes divins !

Déjà la main du temps sourdement le seconde ;

Déjà sur les grandeurs de ces maîtres du monde

La nature se plaît à reprendre ses droits.

Au lieu même où Pompée, heureux vainqueur des rois,

Étalait tant de faste, ainsi qu'au jour d'Évandre,

La flûte des bergers revient se faire entendre.

Voyez rire ces champs au laboureur rendus,

Sur ces combles tremblants ces chevreaux suspendus,

L'orgueilleux obélisque au loin couché sur l'herbe,

L'humble ronce embrassant la colonne superbe ;

Ces forêts d'arbrisseaux, de plantes, de buissons,

Montant, tombant en grappe, en touffes, en festons ;

Par le souffle des vents semés sur ces ruines,

Le figuier, l'olivier, de leurs faibles racines

Achèvent d'ébranler l'ouvrage des Romains ;

Et la vigne flexible, et le lierre aux cent mains,

Autour de ces débris rampant avec souplesse,

Semblent vouloir cacher ou parer leur vieillesse.

Mais, si vous n'avez pas ces restes renommés,

N'avez-vous pas du moins ces bronzes animés,

Et ces marbres vivants, déités des vieux âges,

Où l'art seul fut divin et força les hommages ?

Je sais qu'un goût sévère a voulu des jardins

Exiler tous ces dieux des Grecs et des Romains.

Et pourquoi ? Dans Athène et dans Rome nourrie,

Notre enfance a connu leur riante féerie ;

Ces dieux n'étaient-ils pas laboureurs et bergers ?

Pourquoi donc leur fermer vos bois et vos vergers ?

Sans Pomone vos fruits oseront-ils éclore ?

De l'empire des fleurs pouvez-vous chasser Flore ?

Ah ! que ces dieux toujours enchantent nos regards !

L'idolâtrie encore est le culte des arts.

Mais que l'art soit parfait; loin des jardins qu'on chasse

Ces dieux sans majesté, ces déesses sans grâce.

A chaque déité choisissez son vrai lieu ;

Qu'un dieu n'usurpe pas les droits d'un autre dieu ;

Laissez Pan dans les bois. D'où vient que ces Naïades,

Que ces Tritons à sec se mêlent aux Dryades ?

Pourquoi ce Nil en vain couronné de roseaux,

Et dont l'urne poudreuse est l'abri des oiseaux ?

Otez-moi ces lions et ces tigres sauvages ;

Ces monstres me font peur, même dans leurs images.

Et ces tristes Césars, cent fois plus monstres qu'eux,

Aux portes des bosquets sentinelles affreux,

Qui, tout hideux d'effroi, de soupçons et de crimes,

Semblent encor de l'œil désigner leurs victimes ,

De quel droit s'offrent-ils dans ce riant séjour ?

Montrez-moi des mortels plus chers à notre amour ;

En des lieux consacrés à leur apothéose,

Créez un Élysée où leur ombre repose :

Loin des profanes yeux, dans des vallons couverts

De lauriers odorants, de myrtes toujours verts,

En marbre de Paros offrez-nous leurs images ;

Qu'une eau lente se plaise à baigner ces bocages,

Et qu'aux ombres du soir mêlant un jour douteux,

Diane aux doux rayons soit l'astre de ces lieux.

Leur tranquille beauté sous ces dais de verdure,

De ces marbres chéris la blancheur tendre et pure,

Ces grands hommes, leur calme et simple majesté,

Cette eau silencieuse, image du Léthé,

Qui semble, pour leurs cœurs exempts d'inquiétude,

Rouler l'oubli des maux et de l'ingratitude,

Ce bois, ce jour mourant sous leur ombrage épais,

Tout des mânes heureux y respire la paix.

Vous donc n'y consacrez que des vertus tranquilles.

Loin tous ces conquérants en ravages fertiles ;

Comme ils troublaient le monde, ils troubleraient ces lieux.

Placez-y les amis des hommes et des dieux,

Ceux qui par des bienfaits vivent dans la mémoire,

Ces rois dont leurs sujets n'ont point pleuré la gloire.

Montrez-y Fénelon à notre œil attendri ;

Que Sully s'y relève embrassé par Henri.

Donnez des fleurs, donnez ; j'en couvrirai ces sages

Qui, dans un noble exil, sur de lointains rivages

Cherchaient et répandaient les arts consolateurs.

Toi surtout, brave Cook, qui, cher à tous les cœurs,

Unis par les regrets la France et l'Angleterre ;

Toi qui, dans ces climats où le bruit du tonnerre

Nous annonçait jadis, Triptolème nouveau,

Apportais le coursier, la brebis, le taureau,

Le soc cultivateur, les arts de ta patrie,

Et des brigands d'Europe expiais la furie ;

Ta voile, en arrivant, leur annonçait la paix ;

Et ta voile, en partant, leur laissait des bienfaits.

Reçois donc ce tribut d'un enfant de la France.

Et que fait son pays à ma reconnaissance ?

Ses vertus en ont fait notre concitoyen :

Imitons notre roi, digne d'être le sien.

Hélas ! de quoi lui sert que deux fois son audace

Ait vu des cieux brûlants, fendu des mers de glace ;

Que des peuples, des vents, des ondes révéré,

Seul sur les vastes mers son vaisseau fût sacré;

Que pour lui seul la guerre oubliât ses ravages?

L'ami des arts, hélas! meurt en proie aux sauvages.

Aux bords d'une eau limpide, en des bosquets fleuris,

Mêlez donc son image à ces bustes chéris;

Et que son doux aspect, ses malheurs et vos larmes

A ces lieux enchantés prêtent encor des charmes.

Mais c'est peu d'enseigner l'art d'embellir les champs,

Il faut les faire aimer; et peut-être en mes chants,

Bien mieux qu'un froid précepte, une histoire touchante

Rendra plus chers encor les travaux que je chante.

Ces doux soins qui du sage occupent les loisirs,

Quelquefois les rois même ont goûté leurs plaisirs.

C'est toi que j'en atteste, ô vieillard magnanime!

Toi, né du sang royal, modeste Abdolonyme.

Obscur et retiré dans son paisible enclos,

Entre son doux travail et son heureux repos

Le vieillard oubliait le sang qui le fit naître.

Nul séjour n'égalait sa demeure champêtre :

D'un côté, c'est Sidon, et son port, et ses mers ;

De l'autre, du Liban les cèdres toujours verts,

Dont les sommets pompeux, disposés en étage,

Levaient cime sur cime, ombrage sur ombrage ;

Au flanc de la montagne, un fertile coteau,

Vêtu d'un vert tapis, s'étendait en plateau,

Et de là deux filets d'une onde cristalline

Tombaient en murmurant le long de la colline ;

Au centre du jardin, vers le soleil naissant,

Un vallon fortuné se courbait en croissant,

Zone délicieuse, en tout temps ignorée

Et du midi brûlant et du fougueux Borée ;

Dans le fond les sapins, les cyprès fastueux,

En cercle dessinaient leurs troncs majestueux ;

Mille arbustes divers y versaient sans blessure

Le nard le plus parfait, la myrrhe la plus pure ;

22

Au-devant on voyait, déployant son trésor,

Le citron orgueilleux de son écorce d'or,

Et la rouge grenade, et la figue mielleuse,

Et du riche palmier la datte savoureuse ;

Autour, quelques rochers du marbre le plus pur,

Veinés d'or et d'argent, et de pourpre et d'azur,

Charmaient plus ses regards dans leurs masses rustiques

Que ceux dont l'art jadis décorait ses portiques ;

Sur leurs flancs ondoyaient des arbrisseaux en fleurs,

Différents de parfums, de formes, de couleurs ;

La rose les parait, et sur une onde pure

De vieux saules penchaient leur longue chevelure :

Plus loin c'est un troupeau qui, content sous ses lois,

Lui peignait l'origine et les devoirs des rois.

Les premiers souverains furent pasteurs des hommes,

Se disait-il souvent ; mais, dans l'âge où nous sommes,

Quels sages enviraient ces illustres dangers ?

Il disait, et, content du sceptre des bergers,

Il soignait tour à tour ses troupeaux et ses plantes ;

Son fils le secondait de ses mains innocentes.

L'un est majestueux encore en son déclin ;

Sa barbe en flots d'argent se répand sur son sein ;

Sur son teint vigoureux une mâle vieillesse

N'a point décoloré les fleurs de la jeunesse ;

Sa marche est assurée, et son auguste front

Du temps et du malheur semble braver l'affront :

Son fils est dans sa fleur ; mais de l'adolescence

Les traits déjà plus mûrs s'éloignent de l'enfance ;

La rose est sur sa joue, et d'un léger coton

Le duvet de la pêche ombrage son menton ;

Son air est doux, mais fier, et de sa noble race

Je ne sais quoi de grand conserve encor la trace.

Tous deux, lorsque le soir tempérait les chaleurs,

Au repos de la nuit abandonnant les fleurs,

Quelquefois de l'empire ils lisaient les annales,

Et du peuple et des grands les discordes fatales ;

Comment, au bruit confus de mille affreuses voix,

Le crime ensanglanta la demeure des rois,

Et du trône brisé fit tomber leurs ancêtres.

Le vieillard les pleurait ; mais sous ses toits champêtres,

Tranquille, il était loin d'envier leur splendeur.

Tel n'était point son fils : un instinct de grandeur

Quelquefois dans son âme éveillait son courage

Au—dessus de son sort, au-dessus de son âge ;

Mais l'exemple d'un père arrêtant son essor,

A son labeur champêtre il se plaisait encor.

Tel un jeune arbrisseau, qui sur les vastes plaines

Doit déployer un jour ses ombres souveraines,

Dans un antique bois qu'a foudroyé le ciel,

Faible, se cache encor sous l'abri paternel.

Au centre du jardin est un autel champêtre ;

Là tous deux des saisons ils adoraient le maître.

Un soir, après avoir fini leurs doux travaux,

Désaltéré leurs fleurs, taillé leurs arbrisseaux,

Au pied de cet autel couronné de guirlandes,

Tous deux agenouillés présentaient leurs offrandes ;

L'air était en repos : les rayons du soleil,

Glissant obliquement de l'occident vermeil,

Peignaient au loin les mers de leur pourpre flottante ;

Les vaisseaux de Sidon dans leur voile ondoyante

A peine recueillaient quelque souffle des vents ;

La vague avec lenteur roulait ses plis mouvants ;

Enfin tout était calme, et la nature entière

Semblait avec respect écouter leur prière :

Chaque vœu vers le ciel s'élève en liberté ;

Par les voûtes d'un temple il n'est point arrêté ;

Et les fruits parfumés, les fleurs, et la verdure,

Formaient de mille odeurs l'encens de la nature.

Le vieillard, le premier, au maître des humains

Levait en suppliant ses vénérables mains ;

Il priait pour ses fruits, pour son fils, pour l'empire :

Sur ses lèvres errait un auguste sourire.

Son fils l'accompagnait de ses timides vœux ;

Leurs voix montaient ensemble à l'oreille des dieux :

Soixante ans de vertus recommandent le père ;

L'innocence du fils protége sa prière.

Un si touchant spectacle attendrissait le ciel;

Et dans le même instant, au pied du même autel,

Tout l'Olympe attentif contemplait en silence

Le malheur, la vertu, la vieillesse, et l'enfance.

Voilà que tout à coup résonne aux environs

L'éclatante trompette, et le bruit des clairons;

Une troupe guerrière entoure cette enceinte;

Le jeune Abdolonyme a tressailli de crainte :

Mon fils, dit le vieillard, ne t'épouvante pas !

Lorsque l'orgueil armé rassemble ses soldats,

Le riche peut trembler; mais le pauvre est tranquille.

Il dit, reste à l'autel, et demeure immobile.

Mais la trompette sonne une seconde fois,

Et l'écho roule au loin prolongé dans les bois :

C'est le vainqueur de Tyr, c'est lui, c'est Alexandre,

Fatigué de marcher sur des palais en cendre;

Effroi du trône, il veut en devenir l'appui,

Et ce caprice auguste est digne encor de lui.

Des portes du jardin les pilastres rustiques

N'offraient point des palais les marbres magnifiques,

D'un simple bois de chêne ils étaient façonnés :

Ces lieux d'un vert rempart étaient environnés ;

Les mûriers, les buissons, les blanches aubépines,

Ensemble composaient ces murs tissus d'épines.

Alexandre s'arrête ; et ce triomphateur,

Qui des plus fiers remparts abaissa la hauteur,

Contemple avec respect cette faible barrière :

Il laisse hors des murs sa cohorte guerrière ;

Il porte dans l'enceinte un pas religieux,

Et craint de profaner le calme de ces lieux.

A peine il les a vus, ses passions s'apaisent,

Son orgueil s'attendrit, ses victoires se taisent ;

Et sur ce cœur fougueux, sur ce tyran des rois,

La nature un instant a repris tous ses droits.

Il cherche le vieillard ; il le voit, il s'approche :

« Ce lieu me fait, dit-il, un trop juste reproche :

« Il me dit que j'ai trop méconnu le bonheur.

« A terrasser les rois je mettais mon honneur ;

« Je vais jouir enfin d'un charme que j'ignore.

« Ton sang régna jadis, il doit régner encore ;

« Sors de l'obscurité : les peuples et les rois

« Sont toujours criminels d'abandonner leurs droits.

« Ne me refuse pas cette nouvelle gloire,

« C'est le prix le plus doux qu'attendait ma victoire.

« Viens donc, tout te rappelle au rang de tes aïeux;

« Tes vertus, et ton peuple, Alexandre, et les dieux. »

« — Ainsi ta main toujours dispose des couronnes ;

« Aux uns tu les ravis, aux autres tu les donnes »,

Répondit le vieillard, « et de tes fières lois

« Le plus obscur réduit ne peut sauver les rois !

« Eh bien ! à mes destins je suis prêt à souscrire ;

« Pour le rendre à mon fils, je reprends mon empire.

« Toi, si tu peux des champs goûter encor la paix,

« Contemple cet asile, et conçois mes regrets :

« Permets donc qu'en ces lieux le sommeil des chaumières

« Pour cette nuit du moins ferme encor mes paupières,

« Et qu'en ce doux abri prolongeant mon séjour,

« Je dérobe aux grandeurs le reste d'un beau jour ;

« Demain à mes devoirs je consens à me rendre. »

Cette noble fierté plaît au cœur d'Alexandre.

Mais, durant leurs adieux, le fils, dans le jardin

Ayant cueilli des fleurs qu'entrelace sa main,

A ces lauriers cruels qu'ensanglanta Bellone

Demande à marier sa modeste couronne.

Le héros lui sourit, et ce front triomphant

Se courbe avec plaisir sous la main d'un enfant;

Il le prend, il l'embrasse, et, fixant son visage,

Dans ses destins futurs aime à voir son ouvrage.

Il part, enfin, s'éloigne, et s'arrache à regret

A ce couple innocent qu'il envie en secret;

Il s'éloigne, indigné de sa grandeur cruelle

Qui traîne le ravage et le deuil après elle,

Prend pitié de sa gloire, et sent avec douleur

Qu'il a conquis le monde, et perdu le bonheur.

Mais ce jour le console : il éprouve en lui-même

Ce plaisir pur qui fuit l'orgueil du diadème,

23

Qu'ignore la victoire, et quitte ces beaux lieux,

Fier d'un plus beau triomphe, et plus grand à ses yeux.

Le vieillard tout le soir suit sa tâche innocente ;

Il va de fleur en fleur, erre de plante en plante,

Se hâte de jouir, et dans le fond du cœur

Recueille avidement un reste de bonheur.

A peine l'horizon avait rougi l'aurore,

Que pressant dans ses bras cet enfant qu'il adore :

« Je vais régner, dit-il, et ce terrible emploi,

« Mon fils, après ma mort, retombera sur toi :

« Que je te plains ! Ces bois, ces fleurs, sujets fidèles,

« Ne m'étaient point ingrats, ne m'étaient point rebelles.

« Qu'un sort bien différent nous attend aujourd'hui !

« Viens donc, ô cher enfant ! viens, ô mon doux appui !

« Du malheur de régner viens consoler ton père.

« Et vous, objets charmants, toi, cabane si chère,

« Vous que je cultivais, vergers délicieux,

« Arbres que j'ai plantés, recevez mes adieux.

« Hélas ! coulant ici mes heures fortunées,

« Heureux, par vos printemps je comptais mes années;

« Ces fastes valaient bien les annales des rois.

« Puisse du moins l'empire être heureux sous mes lois,

« Et, me dédommageant de vos pures délices,

« Par le bonheur commun payer mes sacrifices ! »

Il dit, promène encor ses regards attendris

Sur ses bois, sur ses fleurs, ses élèves chéris,

Et part environné d'une brillante escorte.

Mais du palais à peine il a touché la porte,

Mille ressouvenirs se pressent sur son cœur :

Dans un confus transport de joie et de douleur

En silence il parcourt le séjour de ses pères,

Témoin de leur grandeur, témoin de leurs misères.

Leur ombre l'y poursuit : il pense quelquefois

Entendre autour de lui leur gémissante voix :

Mais les flots d'un vin pur et le sang des victimes

Achèvent d'effacer la trace de ces crimes;

Il règne, et l'équité préside à ses projets :

Son sceptre est moins pesant, chéri par ses sujets.

Cependant quelquefois, loin d'un monde profane,

Il revient en secret visiter sa cabane,

Revient s'asseoir encore au pied de ses ormeaux,

De ses augustes mains émonde leurs rameaux ;

Et s'occupant en roi, se délassant en sage,

D'un bonheur qu'il n'a plus adore encor l'image.

INTÉRIEUR DE LA GRANDE SERRE, AU JARDIN DES PLANTES.

NOTES ET VARIANTES.

Parc de Mde L. Gce Cte de Girardin
à Aulnay.

Théviot del.

A. W. Fornster sc.

Chapsal Editeur.

Imp. par Chardon jeune.

PARC DE M. DE GENOUDE, AU PLESSIS-LES-TOURNELLES.

NOTES ET VARIANTES.

⊛

CHANT PREMIER.

Page 2, vers 7 et suivants.

Je dirai comment l'art embellit les ombrages.....

Variante de l'édition de 1782.

Je dirai comment l'art, dans de frais paysages,

Dirige l'eau, les fleurs, les gazons, les ombrages.
Toi donc qui mariant. . . . .

Page 3, vers 2.

Dont le charme autrefois avait tenté Virgile.

Le lecteur ne me saura peut-être pas mauvais gré de rapporter ici l'esquisse rapide que Virgile a tracée des jardins, qu'il
regrette de ne pouvoir chanter.

> Si mon vaisseau, longtemps égaré loin du bord,
> Ne se hâtait enfin de regagner le port,
> Peut-être je peindrais les lieux chéris de Flore :
> Le narcisse en mes vers s'empresserait d'éclore ;
> Les roses m'ouvriraient leurs calices brillants,
> Le tortueux concombre arrondirait ses flancs ;
> Du persil toujours vert, des pâles chicorées,
> Ma muse abreuverait les tiges altérées ;
> Je courberais le lierre et l'acanthe en berceaux,
> Et du myrte amoureux j'ombragerais les eaux.

On voit que cette composition de jardin est très-simple et
très-naturelle. On y trouve mêlés l'utile et l'agréable ; c'est à
la fois le verger, le potager et le parterre : mais c'est là le jardin d'un habitant ordinaire des champs, tel qu'un sage, avec
des goûts simples, voudrait l'orner, le cultiver lui-même ; tel

que l'aimable poëte qui le décrit eût aimé à l'embellir. Il n'a pas prétendu parler des fameux jardins que le luxe des vainqueurs du monde, des Lucullus, des Crassus, des Pompée et des César, avait remplis des richesses de l'Asie, et des dépouilles de l'univers.

Page 3, vers 13.

Du simple Alcinoüs le luxe encor rustique
Décorait un verger.....

C'est un monument précieux de l'antiquité et de l'histoire des jardins que la description que fait Homère de celui d'Alcinoüs. On voit qu'elle tient de près à la naissance de l'art ; que tout son luxe consiste dans l'ordre et la symétrie, dans la richesse du sol et dans la fertilité des arbres, dans les deux fontaines dont il est orné : et tous ceux qui voudraient un jardin pour en jouir, et non pour le montrer, n'en demanderaient pas d'autre.

Page 3, vers 14.

.... D'un art plus magnifique
Babylone éleva des jardins dans les airs.

24

Ces jardins suspendus existaient encore en partie seize siècles après leur création, et firent l'étonnement d'Alexandre à
son entrée dans Babylone.

Page 3, vers 16.

Quand Rome au monde entier eut envoyé des fers,
Les vainqueurs, dans des parcs ornés par la victoire,
Allaient calmer leur foudre et reposer leur gloire.

Il existe un monument très-précieux du goût et de la forme
des jardins romains dans une lettre de Pline le jeune : on y
voit qu'on connaissait déjà l'art de tailler les arbres, et de leur
donner différentes figures de vases ou d'animaux; que l'architecture et le luxe des édifices étaient un des principaux ornements de leurs parcs ; mais que tous avaient un objet d'utilité ;
ce qu'on a trop oublié dans les jardins modernes. J'emprunte
la traduction de M. de Sacy pour mettre ce morceau sous les
yeux du lecteur :

« La maison, quoique bâtie au bas de la colline, a la même
vue que si elle était placée au sommet. Cette colline s'élève par
une pente si douce, que l'on s'aperçoit que l'on est monté sans
avoir senti que l'on montait. Derrière la maison est l'Apennin,

mais assez éloigné. Dans les jours les plus calmes et les plus
sereins, elle en reçoit des haleines de vent, qui n'ont plus rien
de violent et d'impétueux, pour avoir perdu toute leur force
en chemin. Son exposition est presque entièrement au midi, et
semble inviter le soleil, en été vers le milieu du jour, en hiver
un peu plus tôt, à venir dans une galerie fort large, et longue
à proportion. La maison est composée de plusieurs pavillons.
L'entrée est à la manière des anciens. Au-devant de la galerie
on voit un parterre dont les différentes figures sont tracées
avec du buis. Ensuite un lit de gazon peu élevé, autour duquel le buis représente plusieurs animaux qui se regardent. Plus bas est une pièce toute couverte d'acanthes, si
doux et si tendres sous les pieds, qu'on ne les sent presque
pas. Cette pièce est enfermée dans une promenade environnée
d'arbres, qui, pressés les uns contre les autres, et diverse-
ment taillés, forment une palissade. Auprès est une allée tour-
nante en forme de cirque, au dedans de laquelle on trouve du
buis taillé de différentes façons, et des arbres que l'on a soin
de tenir bas. Tout cela est fermé de murailles sèches qu'un
buis étagé couvre et cache à la vue. De l'autre côté est une
prairie, qui ne plaît guère moins par ses beautés naturelles que
toutes les choses dont je viens de parler par les beautés qu'elles
empruntent de l'art. Ensuite sont des pièces brutes, des prairies et des arbrisseaux. Au bout de la galerie est une salle à man-

ger, dont la porte donne sur l'extrémité du parterre, et les fenêtres sur les prairies et sur une grande partie des pièces brutes.
Par ces fenêtres on voit de côté le parterre, et ce qui de la maison
même s'avance en saillie, avec le haut des arbres du manége.
De l'un des côtés de la galerie et vers le milieu on entre dans
un appartement qui environne une petite cour ombragée de
quatre planes, au milieu desquels est un bassin de marbre,
d'où l'eau qui se dérobe entretient, par un doux épanchement,
la fraîcheur des planes et des plantes qui sont au-dessous. Dans
cet appartement est une chambre à coucher; la voix, le bruit,
ni le jour n'y pénètrent point : elle est accompagnée d'une
salle où l'on mange d'ordinaire, et quand on veut être en par-
ticulier avec ses amis. Une autre galerie donne sur cette petite cour, et a toutes les mêmes vues que la galerie que je
viens de décrire. Il y a encore une chambre qui, pour être
proche de l'un des planes, jouit toujours de la verdure et
de l'ombre : elle est revêtue de marbre tout autour à hauteur
d'appui; et, au défaut du marbre, est une peinture qui représente des feuillages et des oiseaux sur des branches, mais si
délicatement, qu'elle ne cède point à la beauté du marbre
même. Au-dessous est une petite fontaine qui tombe dans un
bassin, d'où l'eau, en s'écoulant par plusieurs petits tuyaux,
forme un agréable murmure. D'un coin de la galerie on passe
dans une grande chambre qui est vis-à-vis la salle à manger;

elle a ses fenêtres d'un côté sur le parterre, de l'autre sur la prairie ; et immédiatement au-dessous de ces fenêtres est une pièce d'eau qui réjouit également les yeux et les oreilles, car l'eau, en y tombant de haut dans un grand bassin de marbre, paraît tout écumante, et forme je ne sais quel bruit qui fait plaisir. Cette chambre est fort chaude en hiver, parce que le soleil y donne de toutes parts. Tout auprès est un poêle qui supplée à la chaleur du soleil quand les nuages le cachent. De l'autre côté est une salle où l'on se déshabille pour prendre le bain ; elle est grande et fort gaie. Près de là on trouve la salle du bain d'eau froide, où est une baignoire très-spacieuse et assez sombre. Si vous voulez vous baigner plus au large et plus chaudement, il y a dans la cour un bain, et tout auprès un puits, d'où l'on peut avoir de l'eau froide quand la chaleur incommode. A côté de la salle du bain froid est celle du bain tiède, que le soleil échauffe beaucoup, mais moins que celle du bain chaud, parce que celle-ci sort en saillie. On descend dans cette dernière salle par trois escaliers, dont deux sont exposés au grand soleil ; le troisième en est plus éloigné, et n'est pourtant pas plus obscur. Au-dessus de la chambre où l'on quitte ses habits pour le bain, est un jeu de paume, où l'on peut prendre différentes sortes d'exercices, et qui pour cela est partagé en plusieurs réduits. Non loin du bain est un escalier qui conduit dans une galerie fermée, et auparavant

dans trois appartements, dont l'un voit sur la petite cour ombragée de planes, l'autre sur la prairie, le troisième sur des vignes ; en sorte que son exposition est aussi différente que ses
vues. A l'extrémité de la galerie fermée est une chambre prise
dans la galerie même, et qui regarde le manége, les villes, les
montagnes. Près de cette chambre en est une autre fort ex-
posée au soleil, surtout pendant l'hiver. De là on entre dans un
appartement qui joint le manége à la maison. Voilà la façade
et son aspect. A l'un des côtés, qui regarde le midi, s'élève une
galerie fermée, d'où l'on ne voit pas seulement les vignes, mais
d'où l'on croit encore les toucher. Au milieu de cette galerie
on trouve une salle à manger, où les vents qui viennent de
l'Apennin répandent un air fort sain. Elle a vue par de très-
grandes fenêtres sur les vignes, et encore sur les mêmes vignes par deux portes à deux battants, d'où l'œil traverse la
galerie. Du côté où cette salle n'a point de fenêtres est un escalier dérobé, par où l'on sert à manger. A l'extrémité est une
chambre, à qui la galerie ne fait pas un aspect moins agréable que les vignes. Au-dessous est une galerie presque souterraine, et si fraîche en été, que, contente de l'air qu'elle renferme, elle n'en donne et n'en reçoit point d'autre. Après ces
deux galeries fermées est une salle à manger, suivie d'une galerie ouverte, froide avant midi, plus chaude quand le jour
s'avance. Elle conduit à deux appartements : l'un est composé

de quatre chambres ; l'autre, de trois, qui, selon que le soleil tourne, jouissent ou de ses rayons ou de l'ombre. Au-devant de ces bâtiments, si bien entendus et si beaux, est un vaste manége : il est ouvert par le milieu, et s'offre d'abord tout entier à la vue de ceux qui entrent ; il est entouré de planes, et ces planes sont revêtus de lierre. Ainsi le haut de ces arbres est vert de son propre feuillage, et le bas est vert d'un feuillage étranger. Ce lierre court autour du tronc et des branches, et, passant d'un plane à l'autre, les lie ensemble. Entre ces planes sont des buis, et ces buis sont par dehors environnés de lauriers, qui mêlent leur ombrage à celui des planes. L'allée du manége est droite ; mais à son extrémité elle change de figure, et se termine en demi-cercle. Ce manége est entouré et couvert de cyprès qui en rendent l'ombre et plus épaisse et plus noire. Les allées en rond qui sont au dedans (car il y en a plusieurs les unes dans les autres), reçoivent un jour très-pur et très-clair. Les roses s'y offrent partout, et un agréable soleil y corrige la trop grande fraîcheur de l'ombre. Au sortir de ces allées rondes et redoublées, on rentre dans l'allée droite, qui des deux côtés en a beaucoup d'autres séparées par des buis. Là, est une petite prairie ; ici, le buis même est taillé en mille figures différentes, quelquefois en lettres qui expriment tantôt le nom du maître, tantôt celui de l'ouvrier. Entre les buis vous voyez successivement de petites pyramides

et des pommiers; et cette beauté rustique d'un champ, que
l'on dirait avoir été tout à coup transporté dans un endroit si
peigné, est rehaussée vers le milieu par des planes, que l'on
tient fort bas des deux côtés. De là vous entrez dans une pièce
d'acanthe flexible qui se replie sur lui-même, où l'on voit
encore quantité de figures et de noms que les plantes expriment. A l'extrémité est un lit de repos de marbre blanc, couvert d'une treille soutenue par quatre colonnes de marbre de
Cariste. On voit l'eau tomber de dessous ce lit, comme si le
poids de ceux qui se couchent l'en faisait sortir; de petits
tuyaux la conduisent dans une pierre taillée exprès, et de là
elle est reçue dans un bassin de marbre, d'où elle s'écoule si
imperceptiblement et si à propos, qu'il est toujours plein, et
pourtant ne déborde jamais. Quand on veut manger en ce
lieu, on range les mets les plus solides sur les bords de ce
bassin, et on met les plus légers dans des vases qui flottent
sur l'eau tout autour de vous, et qui sont faits les uns en na-
vires, les autres en oiseaux. En face du bassin est une fontaine
jaillissante, qui reçoit dans sa source l'eau qu'elle en a jetée;
car, après avoir été poussée en haut, elle retombe sur elle-
même, et, par deux ouvertures qui se joignent, elle descend
et remonte sans cesse. Vis-à-vis du lit de repos est une chambre qui lui donne autant d'agréments qu'elle en reçoit de lui :
elle est toute brillante de marbre ; ses portes sont entourées et

comme bordées de verdure. Au-dessus et au-dessous des fenêtres hautes et basses on ne voit aussi que verdure de toutes
parts. Auprès est un autre petit appartement qui semble s'en-
foncer dans la même chambre, et qui en est pourtant séparé.
On y trouve un lit ; et quoique cet appartement soit percé de
fenêtres partout, l'ombrage qui l'environne le rend sombre ;
une agréable vigne l'embrasse de ses feuillages, et monte jusqu'au faîte : à la pluie près, que vous n'y sentez point, vous
croyez être couché dans un bois. On y trouve aussi une fontaine qui se perd dans le lieu même de sa source. En différents endroits sont placés des siéges de marbre, propres, ainsi
que la chambre, à délasser de la promenade. Près de ces siéges sont de petites fontaines; et par tout le manége vous entendez le doux murmure des ruisseaux qui, dociles à la main
de l'ouvrier, se laissent conduire par de petits canaux où il lui
plaît. Ainsi on arrose tantôt certaines plantes, tantôt d'autres ;
quelquefois on les arrose toutes. J'aurais fini il y aurait longtemps, de peur de paraître entrer dans un trop grand détail ;
mais j'avais résolu de visiter tous les coins et recoins de ma
maison avec vous. Je me suis imaginé que ce qui ne vous serait pas ennuyeux à voir, ne vous le serait pas à lire. »

25

Page 4 , vers 8.

Philippe m'encourage, et mon sujet m'appelle.

Philippe. Monseigneur le comte d'Artois, frère du roi (depuis, Charles X).

Page 6, vers 3.

Dans sa pompe élégante admirez Chantilli.

Chantilli, près de Senlis. Château de plaisance des princes de Condé, avec un parc immense dont une partie avait été décorée dans le genre anglais, en 1780. Le grand château fut démoli pendant la révolution, et des usines occupent actuellement l'emplacement d'une partie du parc ; mais ce qui en reste suffit encore pour attirer l'attention. Il appartient à M. le duc d'Aumale.   (L.)

Page 6, vers 5.

Belœil, tout à la fois magnifique et champêtre.

Belœil était un magnifique jardin de M. le prince de Ligne, situé près d'Ath, dans les Pays-Bas.

Page 6, vers 6.

Chanteloup, fier encor de l'exil de son maître...

Chanteloup, ancien château royal et seigneurial, près d'Arpajon. Le parc était autrefois renommé pour les ifs taillés en forme d'hommes et d'animaux.

Page 6, vers 7.

..... Tel que ce frais bouton,
Timide avant-coureur de la belle saison,
L'aimable Tivoli d'une forme nouvelle
Fit le premier en France entrevoir le modèle.

Le local de Tivoli se refusait aux grands effets pittoresques ; mais M. Boutin a eu en effet le mérite d'en tirer le meilleur parti possible, et surtout d'avoir le premier essayé avec succès le genre irrégulier.

« L'auteur parle ici de l'ancien jardin de Tivoli, situé rue Saint-Lazare, dont il ne reste aucun vestige et sur l'emplacement d'une partie duquel est construit l'embarcadère du chemin de fer de Rouen. » (L.)

Page 6, vers 11.

Les Grâces, en riant, dessinèrent Montreuil.

Montreuil, près Versailles, appartient à Mme Élisabeth, sœur du roi. Auprès de ce jardin, et sous le même nom, est celui de Mme la comtesse Diane de Polignac, dame d'honneur de cette princesse.

Page 6, vers 12.

Maupertuis, le Désert, Rincy, Limours, Auteuil...

Maupertuis. Ce jardin, connu sous le nom de l'*Élysée*, appartient à M. le marquis de Montesquiou. Si de belles eaux, de superbes plantations, un mélange heureux de collines et de vallons font un beau lieu, l'Élysée est digne de son aimable nom.

Le Désert. Ce jardin a été dessiné avec beaucoup de goût par M. de Monville.

Rincy. Ce beau jardin appartient à monseigneur le duc d'Orléans.

Limours. Ce lieu, naturellement sauvage, a été très-embelli par Mme la comtesse de Brionne, et a perdu un peu de sa rudesse, sans perdre son caractère.

Auteuil. Ancien parc de la maison de Boufflers ; il appartient actuellement à M. le duc de Montmorency.

Page 6, vers 14.

L'ombre du grand Henri chérit encor Navarre.

Navarre. Joli domaine de Henri IV, près d'Évreux. Il vient

d'être vendu par portions pour l'établissement de diverses usines.

Page 6, vers 15.

> Semblable à son auguste et jeune déité,
> Trianon joint la grâce avec la majesté.

Le petit Trianon, jardin de la reine, est un modèle de ce genre. La richesse y paraît avoir été toujours employée par le goût.

Page 7, vers 1.

> Et toi, d'un prince aimable ô l'asile fidèle,
> Dont le nom trop modeste est indigne de toi !....

Il s'agit du joli jardin de Bagatelle, qui a été composé avec beaucoup de goût pour monseigneur le comte d'Artois, et qui a l'avantage de se trouver placé au milieu d'un bois charmant qui semble en faire partie. Le pavillon est d'une élégance rare [1].

---

[1] Je n'ai pu nommer ici tous les jardins agréables qui ont été faits depuis quelques

Page 12, vers 6.

Et la belle Arcadie a mérité son nom.

Lorsque Delille annonça sa dernière édition de ce poëme, tout le monde voulut avoir une place dans ses vers, et il lui vint de toutes parts des renseignements sur les plus beaux jardins de l'Europe. Parmi les personnes qui cherchèrent ainsi à faire passer à la postérité l'objet de leur goût et de leur affection, on doit remarquer la princesse Czartorinska, la même qui lui avait demandé avec tant de grâce, en 1784, une inscription pour ses beaux jardins de Pulhavi ou Pulhavie. Cette dame, aussi distinguée par son esprit que par sa haute naissance, lui adressa à Londres, en 1799, une lettre qui, malgré le désir de la princesse et celui du poëte, ne put être imprimée

années. Il en est plusieurs qui auraient mérité de l'être ; et de ce nombre sont, LA FA- LAISE, MORFONTAINE, ROISSY, LA MALMAISON, agréable par la beauté de ses bois, de ses eaux, de ses vues et de sa situation. J'aurais tort d'oublier celui de Saint-Germain, embelli par un grand seigneur qui, après avoir fait l'agrément de la cour par la finesse piquante de son esprit, conduit par le goût de la campagne, quelquefois suspendu, mais jamais perdu dans les âmes honnêtes, s'est fait une retraite champêtre, où il cultive les arts et les lettres. — Les gens de lettres ont aussi quelquefois embelli des asiles où ils sont mieux inspirés qu'ailleurs. Pope eut son Twickenham, Boileau son Auteuil, M. de Rulhière son Ermitage, orné de deux rivières, d'un charmant ruisseau, de superbes perspectives, et distingué surtout par des inscriptions en vers tels que M. de Rulhière en sait faire.

à cette époque. Nous croyons d'autant plus indispensable de la joindre à cette nouvelle édition, qu'il est évident qu'elle a contribué à inspirer le poëte, et que l'on peut encore la lire avec beaucoup de plaisir après les vers auxquels elle a donné lieu.

« Monsieur, la princesse Radziwil, transportée par le bonheur de voir l'Arcadie dans votre poëme, a employé un temps considérable à la description de ce lieu chéri, dont jamais elle n'était contente. A la fin, elle me l'a envoyée ; j'ai cru devoir l'abréger, et j'en ai supprimé beaucoup de petits détails. Je me hâte de vous l'adresser. S'il n'est plus temps, peut-être trouvera-t-elle place dans les notes. Ce sera une consolation pour elle. »

DESCRIPTION DE L'ARCADIE.

« L'Arcadie est un fragment des beautés de la Grèce, dans lequel on trouve des traces du culte et des usages de l'anti-

quité, conservé par les arts, embelli par la nature. Une fontaine en fait l'entrée ; les arbres fruitiers qui l'ombragent rappellent celle de Palémon, dont la bienfaisance rafraîchissait les
voyageurs dans leurs courses pénibles. Deux cabanes charmantes sont près de là ; l'inscription de la fontaine,

On ne jouit d'un bien qu'autant qu'on le partage,

annonce l'hospitalité. Des milliers de fleurs, qui bordent le
sentier par lequel on sort de ce lieu paisible, offrent, par leur
éclat et leur parfum, un tribut pour celui qui veut offrir un
hommage à un sentiment quelconque, dans une île presque
impénétrable par la hauteur et la quantité d'arbres qui la couvrent. Sous leur ombre sont placés, à des distances assez con-
sidérables, les autels de l'Amour, de l'Amitié, de l'Espérance,
de la Reconnaissance, et des Souvenirs. Il y en a un consacré
aux poëtes, qui savent si bien exprimer ce que nous ne pou-
vons que sentir. Pour passer dans l'île, il y a un petit bateau
que l'on fait aller soi-même. Il ne peut contenir que deux ou
trois personnes. Il est attaché d'un côté par une ancre accro-
chée à une pierre immense consacrée à l'Espérance, de l'autre
à un anneau que tient un sphinx en marbre : c'est l'emblème

26

du mystère. En repassant, on revient à un sentier obscur qui
mène à une grotte par laquelle on va grimpant de pierre en
pierre jusqu'à un réduit gothique, asile de la Mélancolie. On
en sort par des arcades qui disputent avec les arbres de hauteur et d'ancienneté. Ce chemin mène à un arc hardi d'une
grande proportion dans le style grec, que les révolutions ni les
plantes parasites qui le couvrent n'ont pu détruire. Cet arc fait,
pour ainsi dire, le cadre d'un immense tableau; des bosquets
toujours fleuris, au milieu desquels on voit le temple. De ce
côté, il présente six colonnes d'ordre ionique. La frise porte
l'inscription imitée de *Mihi me reddentis agelli...* d'Horace,
rendue en italien : *M'involo altrui per ritrovar me stessa.* Le
calme du bonheur que cela annonce est en partie rempli par
le silence et la tranquillité de ce paysage. On parvient en jouissant de cette harmonie de la nature aux portes du temple. Il
est magnifique, et presque au-dessus de toute description. La
porte est en bois des Indes, la clef en acier poli, enrichie de dia-
mants. Le vestibule est rond ; un Amour dans une niche l'é-
claire de son flambeau. Plus loin, un musée en peinture de
tout ce qu'il y a de plus beau en camées, vases étrusques,
lampes, fragments d'inscriptions et de bas-reliefs, occupe le
voyageur curieux. Tous les meubles y sont antiques, ou faits
d'après l'antique. En sortant de là on passe par un couloir, à
côté de la statue du Silence, pour entrer dans le sanctuaire.

C'est une rotonde magnifique, dont l'aspect est imposant.
L'ensemble transporte l'imagination aux temps des oracles.
Les murs sont de marbre blanc, les colonnes de *giallo antico*.
Des statues de vestales portent des vases d'albâtre qui semblent
être encore destinés au feu sacré. Sur un autel antique, entouré de caisses magnifiques contenant des orangers, des
myrtes, des jasmins, reposent des milliers d'offrandes, répandues aussi sur les gradins, que les curieux, les amis, les voyageurs y ont déposées. Il y en a de tous les genres. Une grande
partie sont des vases, des cassolettes, des trépieds, etc... Derrière l'autel est une glace immense d'une seule pièce, dans
laquelle, en s'en approchant, on aperçoit l'Amour tapi pour
surprendre ceux qui viennent y faire des sacrifices. Cet Amour
est peint par Mme Lebrun. La coupole est peinte par un Français, nommé Norbelin, très-habile dans son art. On y voit
l'Aurore conduisant les chevaux du Soleil. Un orgue magnifique dans un cabinet attenant ajoute à la magie du lieu. En sortant de l'autre côté du temple, la vue plonge sur un lac animé
par une rivière qui y grave son cours, portant l'écume d'une
chute qui tombe au travers des restes d'un ancien aqueduc. Le
rideau d'un bois épais et sombre termine cette scène arca-
dienne, et sert de fond au tableau, qui rappelle les Claude Lorrain, quelquefois les Berghem, quand le bétail y revient lente-
ment au coucher du soleil. Mais qui mieux que le chantre des

jardins, dont la nature est la palette, le génie les pinceaux,
et les vers la fraîcheur même, peut en rendre les effets ? En
s'éloignant on passe sur les débris de l'aqueduc pour aller sur
l'autre rive, d'où l'on voit l'autre façade du temple au travers
de la fumée des cassolettes qui ornent le quai et les marches.
Elle monte depuis l'eau jusqu'au haut du portique, qui est de
quatre colonnes, avec un fronton, sur lequel est l'inscription
suivante : *Dove pace trovai d'ogni mia guerra*. On parcourt des
collines, des bosquets jusqu'à une enceinte de grands arbres,
où l'on trouve une tente. A côté de la tente sont suspendus le
bouclier et la lance d'un ancien chevalier avec sa devise. Plus
loin on découvre un salon de cristal, dont les panneaux en-
châssés dans le bronze et le bois de Mahony sont d'une grandeur inimaginable. A travers chaque panneau on découvre les
plus belles vues de l'Arcadie. Tous les ornements en cristaux
et les meubles en châles des Indes rappellent dans ce beau cabinet les féeries des *Mille et une Nuits*. De là, en poursuivant
des sentiers variés, on arrive à un lieu consacré au dieu Pan.
Sa statue, adossée dans une niche, est entourée de tous les at-
tributs du dieu des bergers. A côté de la niche est une petite
porte en pierre, par laquelle on entre dans un verger précédé
d'un tapis de fleurs, entouré d'un mur fait tout entier de
débris de divers bâtiments, comme chapiteaux, frises, fragments, morceaux tous rapportés, et mêlés de mousses et de

plantes rampantes. Sous les arbres de ce verger sont placées des ruches, et l'on peut dire dans ce beau lieu :

De ses parfums divers embarrassait l'abeille.

Ce verger fait face à une ruine. Il semble que les bergers de l'Arcadie en ont dérangé l'architecture pour y établir leurs rustiques travaux. Ces belles ruines, ornées de quelques colonnes, bas-reliefs, renferment à présent des moutons, dont les clochettes et le bêlement retentissent dans les voûtes où jadis peut-être ils servirent de victimes. Quelques sarcophages, des urnes, des cuves de marbres précieux, à l'usage des propriétaires, servent d'abreuvoirs, de siéges, et sont en partie recouverts de vignes, de clématites, dont les festons s'étendent jusqu'à deux rangs de colonnes qui aboutissent à la grande porte d'entrée, par laquelle on découvre un ancien château situé à une demi-lieue de l'Arcadie. En suivant le cours de la rivière à droite, on arrive à une île de peupliers qui ombragent un monument de marbre noir, dans lequel on voit une figure de femme en marbre blanc, dans l'attitude du repos, copiée d'après la sainte Cécile du Bernin. L'inscription si connue : *Et moi aussi j'ai vécu en Arcadie,* est changée ici ; et on lit : *J'ai fait l'Arcadie, et j'y repose.* La belle, l'intéressante princesse

Radziwil , brillante encore de jeunesse et de fraîcheur , a fait
cet asile pour y reposer un jour. De l'autre côté de l'île s'élève
une colline, sur laquelle pose une chapelle de marbre noir. Sa
belle architecture, les tableaux qui la décorent en dedans, des
inscriptions , tout se réunit pour plonger l'âme dans de profondes réflexions. Cette chapelle est consacrée à une fille charmante et tendrement chérie que la princesse Radziwil a perdue.
Il est impossible de ne pas être touché en y entrant, bien que
cette mère, si intéressante dans sa douleur, ait rassemblé dans
les tableaux de la chapelle tout ce qui peut consoler une âme
profondément atteinte, par l'idée de l'immortalité et d'un Dieu
bienfaisant. En sortant de là on revient par un autre chemin à
la chute d'eau, dont le murmure endort les peines présentes
dans les songes de l'avenir.

DESCRIPTION DE PULHAVIE.

« Avant de détailler Pulhavie, je tracerai le local et la situation. Pulhavie est situé dans le palatinat de Lublin , sur une
colline qui se prolonge le long de la Vistule. Le château est
au sommet. Une partie des jardins se trouve de niveau avec le

château, une autre sur la pente, le reste touche la rivière. Au
levant et au nord est un bois de chênes, de tilleuls, de sapins.
Ce bois, percé en allées, est d'une vaste étendue, et réunit plusieurs grandes routes. Au midi, on voit des montagnes dont
quelques-unes sont boisées ; d'autres sont couronnées par des
châteaux anciens, dont les ruines sont très-pittoresques. Le
principal est celui de Casimir. Il a été bâti en 1326 par Casimir
le Grand, un de nos meilleurs rois. Du midi au couchant
coule la Vistule dans une très-grande largeur. Au bas du jardin, elle forme une île très-considérable ; plus loin, elle se
prolonge dans toute son étendue. La rive opposée est garnie
d'arbres immenses, de villages situés sur une rive pareillement
un peu montueuse. Vis-à-vis de Pulhavie est bâtie une maison
de campagne, à laquelle le propriétaire a donné l'extérieur du
temple de Vesta, très-bien exécuté ; elle est ombragée par
d'immenses chênes et quelques peupliers, et fait, pour mon
jardin, un point de vue charmant. Telle est la situation de
Pulhavie ; en voici les détails. La principale beauté de Pulhavie,
ce sont les arbres ; par leur ancienneté, leur grandeur, leur
beauté et leur nombre, ils sont véritablement à citer. Une
autre parure que la nature y a placée, c'est un fleuve superbe,
toujours couvert de bâtiments de transport, de bateaux et de
barques. Les jardins d'en haut, qui sont de niveau avec le
château, sont arrangés nouvellement dans le genre anglais.

Les vieux arbres plantés par nos aïeux en forment le fond. Les bosquets sont variés par tout ce qui se soutient dans nos climats. Les gazons sont de la plus grande beauté. A gauche, vous voyez au milieu des bosquets une pelouse sur laquelle s'élèvent deux bouleaux immenses, dont les branches flexibles retombent depuis le sommet jusque sur le gazon. Ce genre de bouleau est comme le saule pleureur, et se dessine encore mieux. Les deux dont je parle couvrent de leur ombre un monument en pierre de taille très-simple, avec cette inscription : *Monument des anciennes amitiés.* Sur les côtés on a gravé les noms de quelques personnes qui, depuis plus de vingt ans, font notre petite société, et embellissent ma vie par l'intérêt le plus touchant et les soins les plus tendres. En suivant des routes du même côté on découvre une orangerie en colonnade, dont la façade fait un point de vue charmant. Cette orangerie contient les plus belles plantes et les plus rares. Sur un des angles de la colonnade on a gravé ce vers de Virgile :

Hic omnes arbusta juvant humilesque myricæ.

Du même côté, on parvient à l'ancienne limite du jardin. C'est un chemin creux pratiqué dans un ravin, qui est en même temps une grande route de poste très-fréquentée. On a jeté un pont de pierre par-dessus, et le jardin continue de l'autre côté. A droite, on voit le grand chemin qui passe sous des peupliers immenses : à gauche, les champs et le bois; la vue se prolonge dans toute l'étendue d'un pays très-varié, et le jardin, à l'aide de ce que les Anglais appellent *déception*, semble n'avoir pas de bornes. En tournant de là sur la droite, vous longez une partie du jardin qui est très-agreste; des ravins, des prairies naturelles et des touffes de très-beaux arbres; ensuite un petit bois qui couvre la pente : sur un des ravins, un pont de pierre dans le genre gothique vous mène sur un bord escarpé au-dessus d'un bras de la Vistule. Sur ce bord s'élève un temple tout entier en pierre de taille, fait sur le modèle exact et sur les mêmes mesures absolument que celui de la Sibylle à Tivoli. La seule différence, c'est qu'il n'est point en ruines, mais absolument achevé. Comme je n'aime point les bâtiments quelconques, quand ils n'offrent en y arrivant aucun but, j'ai rassemblé dans ce petit temple des collections de plusieurs genres que j'ai faites depuis bien des années. Ce sont principalement des souvenirs de personnes célèbres et d'événements qui ont le droit d'intéresser ; des portraits, bagues, chaînes, coupes, armures, meubles, lettres, livres, manuscrits, vases, médailles, etc... Un côté est consacré à ma patrie, l'autre rassemble des souvenirs de la France, de l'Angleterre, et d'autres pays. Je me plais à voir réunis dans cet espace bien peu étendu des

27

objets qui, dans leur origine , n'étaient pas faits pour être ensemble : le masque de Cromwel à côté de celui de Henri IV ;
une chaîne de Marie Stuart à côté des *Heures* de Marie-An-
toinette ; la chaise de Shakspeare à côté de celle de J.-J. Rousseau ; le cornet à poudre de Henri VIII à côté de l'épée de
Charles XII ; un vase de coraux qui a appartenu à Laurent de
Médicis, à côté des lettres originales de Mme de Sévigné. Je
ne finirais pas si je voulais nommer et détailler ce que produisent quelquefois les déplacements momentanés de toutes mes
richesses dans ce genre ; mais je dois ajouter ici que mes larmes coulent souvent quand je passe du côté où je retrouve les
souvenirs de ma patrie , de ce pays si cher à mon cœur, où
je vécus depuis mon enfance , où je fus heureuse fille , heureuse femme , bien heureuse mère , heureuse amie. Ce pays
n'existe plus ; il est arrosé de sang, et bientôt le nom même
en sera effacé... En sortant du temple et en continuant à marcher vers le côté gauche , vous arrivez à une petite pelouse
entourée de collines très-boisées. Sur le penchant d'une de ces
collines j'ai élevé un monument de marbre blanc, que j'ai consacré à mon beau-père et à ma belle-mère , en reconnaissance
du bonheur dont je jouis par la possession de Pulhavie, dont
en partie les beaux arbres sont plantés par eux. Ce monument a été fait , à Rome, sur les proportions et sur l'exacte
modèle du tombeau des Scipions. Il est très-grand , d'un beau

style et d'un très-beau marbre. En longeant la côte, un sentier charmant mène à un ravin profond. On le passe sur un
pont qui aboutit à une petite porte en pierre. En l'ouvrant,
la transition est frappante, cette porte donnant sur un gazon
superbe et très-soigné, et sur une multitude d'arbustes et de
fleurs. Ce sont les possessions de ma fille, la princesse de Wur-
temberg, qui demeure toujours avec nous. Marie est son nom,
ce gazon et ces fleurs offrent son image. Une âme céleste, un
caractère angélique, une figure charmante, des talents, des
vertus, et bien des malheurs, voilà son histoire. En suivant
une route embaumée entre ces bosquets fleuris, on parvient
à un pavillon d'ordre corinthien, le plus joli du monde. C'est
là qu'elle demeure; c'est là qu'elle fait mon bonheur et celui
de tout ce qui l'entoure. Sur le frontispice de sa maison, elle
a gravé ce vers d'Horace :

Iste terrarum mihi præter omnes angulus ridet.

Cet endroit, d'après le nom de Marie, est appelé Marynki;
le bras de la rivière sépare Marynki d'avec l'île; un pont y
conduit. Cette île est un des beaux endroits de Pulhavie. L'extrême fraîcheur des gazons, où de très-belles vaches paissent

en liberté, des arbres immenses et d'un genre propre au pays, en font un ensemble ravissant. Ces arbres sont des peupliers, qui ne viennent que sur les bords de la Vistule, et qui parviennent à une hauteur prodigieuse ; leurs troncs surtout sont très-remarquables. En devenant vieux, ils se couvrent de nœuds qui se placent comme des cercles autour du tronc régulièrement, de distance en distance ; ces nœuds se couvrent de petites feuilles, et forment comme des couronnes qui enlacent ces arbres magnifiques, lesquels, en vieillissant, deviennent immenses. Leurs troncs alors semblent porter non des branches, mais d'autres arbres. Il y a environ deux cents peupliers de cette espèce sur l'île ; sous leur ombre, j'ai placé des étables, des laiteries, et quelques cabanes. Plus loin, on repasse par un autre pont pour rentrer au jardin ; on se trouve alors dans un sentier qui conduit le long d'une suite de roches d'un assez beau genre, où l'on peut remarquer de belles grottes à deux étages, d'une vaste étendue et d'une belle qualité. Les grottes sont anciennes, mais je me suis plu à les perfectionner. Il y en a une dont la base est baignée par la rivière ; une autre dont la forme cintrée ressemble à une chapelle. J'y ai gravé sur un bloc ces deux vers de Racine :

L'Éternel est son nom......

En passant par une des grottes, on se trouve dans un endroit fort solitaire. Là, s'offrent à la vue deux vieux peupliers presque renversés, mais garnis de leurs feuilles. Au-dessus de leurs rameaux est une pierre immense consacrée au passé. Je n'ai vu personne qui ne s'arrêtât avec intérêt auprès de ce monument. Chacun y trouve un souvenir, et chacun dans le passé se rappelle ou son bonheur ou ses peines. Au travers des rameaux des branches des deux peupliers et au-dessus du monument du passé, on aperçoit une saillie dans le rocher, que l'on remarque, quoique enfoncée en arrière. Cette pointe de rocher est à un ami bien cher que j'aimais tendrement, que j'ai perdu. Le long des rochers est une cabane de pêcheurs, quelques vieilles voûtes très-pittoresques, un escalier taillé dans le roc ; cet endroit est entremêlé de plantes et d'arbustes. De là on passe dans la partie du jardin qui touche à la Vistule même. C'est là que s'élèvent les plus beaux arbres, dont l'immense hauteur atteste l'ancienneté. Des chênes, des ifs, des peupliers, y forment une continuité de berceaux, où l'on se promène à l'ombre à toute heure. Par-dessous on découvre le fleuve dans toute sa majesté. Le soir d'un beau jour d'été, la rivière vers le couchant est pourpre ; et du côté de l'île, dans le temps où la lune se lève de bonne heure, à la même époque du jour, elle est argentée. Ce coup d'œil est unique dans son genre. A l'extrémité du jardin, de ce côté-là, on voit

environ quarante marronniers de la plus grande hauteur et de
la plus vaste étendue. Au milieu de ce bosquet de marronniers sont disposés six grands jets d'eau qui s'élèvent au-dessus des arbres, et retombent entre les branches. Je ne vous fa-
tiguerai pas d'une plus longue description. J'ajouterai seulement qu'au delà des marronniers on se trouve dans un joli
hameau, où un ruisseau charmant coule sur un lit de cailloux
entre des arbres superbes. C'est là qu'est placée une pierre
immense consacrée à l'auteur du poëme *des Jardins*. Un peuplier la couvre, un ruisseau l'arrose; une prairie qui borde
d'un côté le ruisseau sert de salle de jeux et de bal tous les
dimanches à une troupe d'enfants et de jeunes personnes. C'est
ma manière de vous rappeler à tout ce qui m'entoure. A Marynki, chez ma fille, il y a une source d'eau vive ombragée
d'acacias et de cytises. A côté de la fontaine, un bas-relief
vous est consacré, avec cette inscription : *Il aima la campa-
pagne, et sut la faire aimer*. Je finirai ces détails en vous parlant d'un petit jardin séparé qui tient à mon appartement. Il
est entouré d'une haie vive, et ne contient que des fleurs les
plus rares, et en quantité. Un seul bouquet d'arbres y est planté de ma main. Ce sont quelques peupliers d'Italie, quelques
acacias et des lilas. Au milieu on voit un autel en marbre blanc.
Au bas j'ai gravé ces mots : *A l'Être Suprême, pour mes enfants*. Voilà le lieu où j'habite avec mes enfants, mon mari et

mes amis. Voilà le lieu où vos ouvrages charmants sont lus,
relus, admirés. Voilà le lieu qui peut-être, dans le cours d'une
révolution nouvelle, sera anéanti comme tant d'autres, et dont
je désire que le nom et le souvenir passent à la postérité dans
vos vers : c'est une manière de reconnaissance pour ce Pulhavie, où je vis heureuse, que de lui donner un brevet pour
l'immortalité. Sans décrire tous les détails de cet endroit, j'ai
cependant donné une grande étendue à ma description ; mais
ne me faites pas le tort de croire que je veuille que vous parliez
de tout ce qui s'y trouve. J'ai mis sous vos yeux ce qu'il y a
de plus marquant, et vous choisirez ce qui vous paraîtra le
plus intéressant. Je ne dois pas oublier encore un objet qui
n'est point exécuté jusqu'à ce moment, mais qui le sera dans
peu. Depuis que je voyage, j'ai toujours eu le goût des souvenirs des choses intéressantes dans le passé. Entre beaucoup
d'autres collections, j'ai ramassé une quantité de fragments
d'anciens bâtiments de tous les pays de la terre. J'ai des pierres
de Constantinople, des bas-reliefs de Rome, une pierre du
Capitole, vingt briques de la Bastille, que j'ai apportés moi-
même. J'ai un morceau d'une frise du château de Marie d'É-
cosse, un fragment d'un ancien temple de druides, que j'ai
trouvé en Écosse Enfin j'ai une multitude de pierres intéressantes, avec des inscriptions, des sculptures, et autres. Je vais
faire une petite maison gothique où toutes ces pierres seront

inscrites avec des marques pour les reconnaître. Cette maison
sera la demeure de celui à qui sera confiée la garde de tout
mon petit muséum. Elle sera placée de manière qu'on ne la
verra qu'en entrant dans l'enclos où elle sera située, pour ne
pas mêler son coup d'œil gothique avec la belle architecture
du temple. Je ne vous fais pas la description du monument
pour mes auteurs favoris; vous le connaissez déjà. C'est là
qu'on vous voit :

Au-dessus de Gesner, et bien près de Virgile.

De très-violents maux de tête m'ont empêchée d'écrire cor-
rectement. Pardonnez ce barbouillage.

RÉPONSE DE DELILLE.

Madame,

J'avais retardé pour vous la réimpression de mon poëme;
je l'aurais cru incomplet, si vos jardins n'y eussent tenu la

place qu'ils méritent. On se forme d'avance la figure des grands personnages qu'on se promet de voir ; la même chose m'est arrivée à l'égard de vos jardins. Je m'en étais tracé d'avance l'image la plus avantageuse ; et la peinture que vous en avez faite me prouve que je les avais presque devinés. Il me semble que j'avais déjà vu vos bosquets, vos grottes, vos rochers ; le style enchanteur dont vous les dépeignez est la seule chose dont je n'avais pu me faire une idée. Le choix des inscriptions n'est pas ce qu'il y a de moins heureux dans les ornements du séjour ravissant dont vous avez bien voulu me tracer une peinture si agréable. Jamais Virgile n'a eu tant d'esprit que dans les applications heureuses que vous faites de ses vers. Mon poëte aurait été surpris s'il avait pu prévoir que ses passages seraient tournés en éloges pour son traducteur, qui les a si souvent affaiblis. Votre description est elle-même un charmant poëme ; mais malheureusement il me reste peu de place : je serai forcé d'abréger la peinture de quelques autres jardins pour donner au vôtre sa juste étendue. C'est ainsi que Virgile invitait le scorpion à se replier pour faire place à l'astre de César :

Tibi brachia contrahit ardens
Scorpius, et cœli justa plus parte relinquit.

28

Vos citations latines, madame, m'autorisent à citer des vers latins. Il ne me reste qu'un regret ; c'est de ne pouvoir parcourir qu'en idée des lieux pleins de vous et de Virgile. Je voudrais pouvoir m'y transporter, et changer mon petit monument en autel, où je vous offrirais en échange et vos fleurs et mes vers.

Je suis donc réduit à choisir dans votre description ce qu'elle offre de plus brillant et de plus pittoresque. Le reste embellira mes notes, et malheureusement le charme de votre prose accusera la faiblesse de mes vers.

Je ne puis deviner pourquoi vous avez retardé l'envoi des jardins de l'Arcadie ; les peindre sur les lieux, et d'après nature, aurait encore été un de mes plus ardents désirs, et j'aurais voulu pouvoir dire aussi : « *Et ego in Arcadiâ.* »

C'est dans la même correspondance que Delille a puisé sa description du temple de Radzivil qui se trouve au quatrième chant.

Page 29, vers 1er et suivants.

Voulez-vous mieux encor fixer l'œil enchanté ?

Variante de l'édition de 1782.

Mais si du mouvement notre œil est enchanté,
Il ne chérit pas moins un air de liberté.
Laissez donc des jardins la limite indécise,
Et que votre art l'efface ; ou du moins la déguise.

Page 92, vers 8.

La France à nos regards offre un vaste jardin.

Après ce vers, l'édition de 1782 contient le morceau suivant, supprimé par l'auteur et dont quelques fragments ont été par lui disséminés dans les autres chants du poëme. Nous croyons faire plaisir à nos lecteurs en le rétablissant ici dans son intégrité :

Que si vous n'osez pas tenter cette carrière,
Du moins, de vos enclos franchissant la barrière,
Par de riches aspects agrandissez les lieux :
D'un vallon, d'un coteau, d'un lointain gracieux,
Ajoutez à vos parcs l'étrangère étendue ;
Possédez par les yeux, jouissez par la vue.

Surtout sachez saisir, enchaîner à vos plans
Ces accidents heureux qui distinguent les champs :
Ici, c'est un hameau que des bois environnent ;
Là, de leurs longues tours les cités se couronnent,
Et l'ardoise azurée, au loin frappant les yeux ,
Court en sommet aigu se perdre dans les cieux.

Oublierai-je ce fleuve, et son cours, et ses rives ?
Votre œil de loin poursuit les voiles fugitives :
Des îles quelquefois s'élèvent de son sein ;
Quelquefois il s'enfuit sous l'arc d'un pont lointain.

Et si la vaste mer à vos yeux se présente,
Montrez, mais variez cette scène imposante :
Ici, qu'on l'entrevoie à travers des rameaux ;
Là, dans l'enfoncement de ces profonds berceaux,
Comme au bout d'un long tube une voûte la montre ;
Au détour d'un bosquet ici l'œil la rencontre,
La perd encore ; enfin la vue en liberté
Tout à coup la découvre en son immensité.

Sur ces aspects divers fixez l'œil qui s'égare.
Mais, il faut l'avouer, c'est d'une main avare
Que les hommes, les arts, la nature et le temps
Sèment autour de nous de riches accidents.

O plaines de la Grèce ! ô champs de l'Ausonie !
Lieux toujours inspirants, toujours chers au génie !

Que de fois, arrêté dans un bel horizon,
Le peintre voit, s'enflamme, et saisit son crayon,
Dessine ces lointains, et ces mers, et ces îles,
Ces ports, ces monts brûlants et devenus fertiles,
Des laves de ces monts encor tout menaçants,
Sur des palais détruits d'autres palais naissants,
Et, dans ce long tourment de la terre et de l'onde,
Un nouveau monde éclos des débris du vieux monde !
Hélas ! je n'ai point vu ce séjour enchanté,
Ces beaux lieux où Virgile a tant de fois chanté !
Mais, j'en jure et Virgile et ses accords sublimes,
J'irai ; de l'Apennin je franchirai les cimes ;
J'irai, plein de son nom, plein de ses vers sacrés,
Les lire aux mêmes lieux qui les ont inspirés.

Vous, épris des beautés qu'étalent ces rivages,
Au lieu de ces aspects, de ces grands paysages,
N'avez-vous au dehors que d'insipides champs ?
Qu'au dedans, des objets mieux choisis, plus touchants,
Dédommagent vos yeux d'une vue étrangère :
Dans votre propre enceinte apprenez à vous plaire ;
Symbole heureux du sage, indépendant d'autrui,
Qui rentre dans son âme, et se plaît avec lui.
Je m'enfonce avec vous dans ce secret asile.

Toutefois aux lieux même où le sol plus fertile
En aspects variés est le plus abondant,
Des trésors de la vue économe prudent,
Faites les acheter d'une course légère ;
Que votre art les promette, et que l'œil les espère :
Promettre, c'est donner ; espérer, c'est jouir,
Il faut m'intéresser, et non pas m'éblouir.

Page 33, vers 8.

Je ne décide point entre Kent et Le Nôtre.

Kent, architecte et dessinateur fameux en Angleterre, fut le premier qui tenta avec succès le genre libre qui commence à se répandre dans toute l'Europe. Les Chinois en sont sans doute les premiers inventeurs. Voici ce que dit de leurs jardins un artiste célèbre d'Angleterre qui avait voyagé à la Chine. Le morceau est curieux, et l'ouvrage dont il est tiré est fort rare.

« Les jardins que j'ai vus à la Chine, dit M. Chambers, étaient très–petits. Leur ordonnance cependant, et ce que j'ai pu recueillir des diverses conversations que j'ai eues sur ce sujet avec un fameux peintre chinois, nommé Lepqua, m'ont donné, si je ne me trompe, une connaissance des idées de ces peuples sur ce sujet.

« La nature est leur modèle, et leur but est de l'imiter dans toutes ses belles irrégularités. D'abord ils examinent la forme du terrain, s'il est uni ou en pente, s'il y a des collines ou des montagnes, s'il est étendu ou resserré, sec ou marécageux, s'il abonde en rivières et en sources, ou si le manque d'eau s'y fait sentir. Ils font une grande attention à ces diverses circonstances, et choisissent les arrangements qui conviennent le mieux avec la nature du terrain, qui exigent le moins de frais, cachent ses défauts, et mettent dans le plus beau jour tous ses avantages.

« Comme les Chinois n'aiment pas la promenade, on trouve rarement chez eux les avenues ou les allées spacieuses des jardins de l'Europe. Tout le terrain est distribué en une variété de scènes; et des passages tournants, ouverts au milieu des bosquets, vous font arriver aux différents points de vue, chacun desquels est indiqué par un siége, par un édifice, ou par quelque autre objet.

« La perfection de leurs jardins consiste dans le nombre, dans la beauté et dans la diversité de ces scènes. Les jardiniers chinois, comme les peintres européens, ramassent dans la nature les objets les plus agréables, et tâchent de les combiner de manière que non-seulement ils paraissent séparément avec plus d'éclat, mais même que, par leur union, ils forment un tout agréable et frappant.

« Leurs artistes distinguent trois différentes espèces de scènes, auxquelles ils donnent les noms de riantes, d'horribles, et d'enchantées. Cette dernière dénomination répond à ce qu'on nomme scène de roman; et nos Chinois se servent de divers artifices pour y exciter la surprise. Quelquefois ils font passer sous terre une rivière, ou un torrent rapide, qui, par son bruit turbulent, frappe l'oreille, sans qu'on puisse comprendre d'où il vient. D'autres fois ils disposent les rocs, les bâtiments, et les autres objets qui entrent dans la composition, de manière que le vent, passant au travers des interstices et des concavités qui y sont ménagées pour cet effet, forme des sons étranges et singuliers. Ils mettent dans ces compositions les espèces les plus extraordinaires d'arbres, de plantes et de fleurs : ils y forment des échos artificiels et compliqués, et y tiennent différentes sortes d'oiseaux et d'animaux monstrueux.

« Les scènes d'horreur présentent des rocs suspendus, des cavernes obscures, et d'impétueuses cataractes qui se précipitent de tous les côtés du haut des montagnes ; les arbres sont difformes et semblent brisés par la violence des tempêtes : ici on en voit de renversés qui interceptent le cours des torrents, et paraissent avoir été emportés par la fureur des eaux ; là il semble que, frappés de la foudre, ils ont été brûlés et fendus en pièces. Quelques-uns des édifices sont en ruines ; quelques autres consumés à demi par le feu : quelques chétives cabanes, dispersées çà et là sur les montagnes, semblent indiquer à la fois l'existence et la misère des habitants. A ces scènes il en succède communément de riantes. Les artistes chinois savent avec quelle force l'âme est affectée par les contrastes, et ils ne manquent jamais de ménager des transitions subites et de frappantes oppositions de formes, de couleurs et d'ombres. Aussi, des vues bornées vous font-ils passer à des perspectives étendues, des objets d'horreur à des scènes agréables, et des lacs et des rivières aux plaines, aux coteaux et aux bois. Aux couleurs sombres et tristes ils en opposent de brillantes, et des formes simples aux compliquées, distribuant, par un arrangement judicieux, les diverses masses d'ombre et de lumière, de telle sorte que la composition paraît distincte dans ses parties, et frappante en son tout.

« Lorsque le terrain est étendu, et qu'on y peut faire entrer une multitude de scènes, chacune est ordinairement appropriée à un seul point de vue ; mais lorsque l'espace est borné, et qu'il ne permet pas assez de variété, on tâche de remédier à ce défaut en disposant les objets de manière qu'ils produisent des représentations différentes suivant les divers points de vue, et souvent l'artifice est poussé au point que ces représentations n'ont entre elles aucune ressemblance.

« Dans les grands jardins, les Chinois se ménagent des scènes différentes pour le matin, le midi et le soir, et ils élèvent aux points de vue convenables des édifices propres aux divertissements de chaque partie du jour. Les petits jardins, où, comme on l'a dit, un seul arrangement produit plusieurs représentations, offrent de la même manière, aux divers points de vue,

29

des bâtiments qui, par leur usage, indiquent le point du jour
le plus propre à jouir de la scène dans sa perfection.

« Comme le climat de la Chine est excessivement chaud,
les habitants emploient beaucoup d'eau à leurs jardins. Lorsqu'ils sont petits, et que la situation le permet, souvent
tout le terrain est mis sous l'eau, et il n'y reste qu'un petit
nombre d'îles et de rocs. On fait entrer dans les jardins
spacieux des lacs étendus, des rivières et des canaux. On
imite la nature en diversifiant, à son exemple, les bords des
rivières et des lacs : tantôt ces bords sont arides et graveleux ;
tantôt ils sont couverts de bois jusqu'au bord de l'eau, plats en
quelques endroits, et ornés d'arbrisseaux et de fleurs ; dans
d'autres, ils se changent en rocs escarpés qui forment des cavernes, où une partie de l'eau se jette avec autant de bruit que
de violence. Quelquefois vous voyez des prairies remplies de
bétail, ou des champs de riz qui s'avancent dans des lacs, et
qui laissent entre eux des passages pour des vaisseaux ; d'autres
fois ce sont des bosquets pénétrés, en divers endroits, par des
rivières et des ruisseaux capables de porter des barques. Ces
rivages sont couverts d'arbres, dont les branchages s'étendent,
se joignent, et forment en quelques endroits des berceaux sous
lesquels les bateaux passent. Vous êtes ainsi ordinairement
conduit à quelque objet intéressant, à un superbe bâtiment
placé au sommet d'une montagne coupée en terrasses, à un

casin situé au milieu d'un lac, à une cascade, à une grotte divisée en divers appartements, à un rocher artificiel, ou à quelque autre composition semblable.

« Les rivières suivent rarement la ligne droite ; elles serpentent et sont interrompues par diverses irrégularités : tantôt elles sont étroites, bruyantes et rapides ; tantôt lentes, larges et profondes. Des roseaux et d'autres plantes et fleurs aquatiques, entre lesquelles se distingue le *lienhoa*, qu'on estime le plus, se voient et dans les rivières et dans les lacs. Les Chinois y construisent souvent des moulins et d'autres machines hydrauliques, dont le mouvement sert à animer la scène. Ils ont aussi un grand nombre de bateaux, de forme et de grandeur différentes. Leurs lacs sont semés d'îles, les unes stériles et entourées de rochers et d'écueils, les autres enrichies de tout ce que la nature et l'art peuvent fournir de plus parfait. Ils y introduisent aussi des rocs articifiels, et ils surpassent toutes les autres nations dans ce genre de composition. Ces ouvrages forment chez eux une profession distincte. On trouve à Canton, et probablement dans la plupart des autres villes de la Chine, un grand nombre d'artisans constamment occupés à ce métier. La pierre dont ils se servent pour cet usage vient des côtes méridionales de l'empire : elle est bleuâtre, et usée par l'action des ondes en formes irrégulières. On pousse la délicatesse fort loin dans le choix de cette pierre. J'ai vu donner plusieurs taels

pour un morceau de la grosseur du poing, lorsque la figure
en était belle, et la couleur vive. Ces morceaux choisis s'emploient pour les paysages des appartements ; les plus grossiers
servent aux jardins, et, étant joints par le moyen d'un ciment
bleuâtre, ils forment des rocs d'une grandeur considérable :
j'en ai vu qui étaient extrêmement beaux et qui montraient
dans l'artiste une élégance de goût peu commune. Lorsque ces
rocs sont grands, on y creuse des cavernes et des grottes avec
des ouvertures, au travers desquelles on aperçoit des lointains.
On y voit en divers endroits des arbres, des arbrisseaux, des
ronces et des mousses ; et sur leur sommet on place de petits
temples et d'autres bâtiments où l'on monte par le moyen de
degrés raboteux et irréguliers, taillés dans le roc.

« Lorsqu'il se trouve assez d'eau, et que le terrain est convenable, les Chinois ne manquent point de former des cascades dans leurs jardins ; ils y évitent toute sorte de régularité,
imitant les opérations de la nature dans ces pays montagneux.
Les eaux jaillissent des cavernes et des sinuosités des rochers.
Ici, paraît une grande et impétueuse cataracte ; là, c'est une
multitude de petites chutes. Quelquefois la vue de la cascade
est interceptée par des arbres dont les feuilles et les branches
ne permettent que par intervalles de voir les eaux qui tombent
le long des côtés de la montagne. D'autres fois, au-dessus de
la partie la plus rapide de la cascade sont jetés d'un roc à l'autre

des ponts de bois grossièrement faits, et souvent le courant des eaux est interrompu par des arbres et des monceaux de pierres que la violence du torrent semble y avoir transportés.

« Dans les bosquets, les Chinois varient toujours les formes et les couleurs des arbres, joignant ceux dont les branches sont grandes et touffues avec ceux qui s'élèvent en pyramide, et les verts foncés avec les verts gais. Ils y entremêlent des arbres qui portent des fleurs, parmi lesquels il y en a plusieurs qui fleurissent la plus grande partie de l'année. Entre leurs arbres favoris est une espèce de saule; on le trouve toujours parmi ceux qui bordent les rivières et les lacs, et ils sont plantés de manière que leurs branches pendent sur l'eau. Les Chinois introduisent aussi des troncs d'arbres, tantôt debout, tantôt couchés sur la terre, et ils poussent fort loin la délicatesse sur leurs formes, sur la couleur de leur écorce, et même sur leur mousse.

« Rien de plus varié que les moyens qu'ils emploient pour exciter la surprise. Ils vous conduisent quelquefois au travers de cavernes et d'allées sombres, au sortir desquelles vous vous trouvez subitement frappé de la vue d'un paysage délicieux, enrichi de tout ce que la nature peut fournir de plus beau. D'autres fois on vous mène par des avenues et par des allées qui diminuent et qui deviennent raboteuses peu à peu.

Le passage est enfin tout à fait interrompu ; des buissons, des
ronces et des pierres le rendent impraticable, lorsque tout à
coup s'ouvre à vos yeux une perspective riante et étendue, qui
vous plaît d'autant plus que vous vous y étiez moins attendu.

« Un autre artifice de ces peuples, c'est de cacher une partie
de la composition par le moyen d'arbres et d'autres objets in-
termédiaires ; ce qui excite la curiosité du spectateur : il veut
voir de près, et se trouve, en approchant, agréablement surpris par quelque scène inattendue, ou par quelque représen-
tation totalement opposée à ce qu'il cherchait : la terminaison
des lacs est toujours cachée, pour laisser à l'imagination de
quoi s'exercer. La même règle s'observe, autant qu'il est
possible, dans toutes les compositions chinoises.

« Quoique les Chinois ne soient pas fort habiles en optique,
l'expérience leur a cependant appris que la grandeur apparente des objets diminue, et que leurs couleurs s'affaiblissent
à mesure qu'ils s'éloignent de l'œil du spectateur. Ces observations ont donné lieu à un artifice qu'ils mettent quelquefois
en œuvre. Ils forment des vues en perspective, en introdui-
sant des bâtiments, des vaisseaux et d'autres objets, diminués
à proportion de leur distance du point de vue. Pour rendre
l'illusion plus frappante, ils donnent des teintes grisâtres aux
parties éloignées de la composition, et ils plantent dans le
lointain des arbres d'une couleur moins vive, et d'une hauteur

plus petite que ceux qui paraissent sur le devant ; de cette manière, ce qui en soi-même est borné et peu considérable devient en apparence grand et étendu.

« Ordinairement les Chinois évitent les lignes droites ; mais ils ne les rejettent pas toujours. Ils font quelquefois des avenues lorsqu'ils ont quelque objet intéressant à mettre en vue. Les chemins sont constamment taillés en ligne droite, à moins que l'inégalité du terrain ou quelque autre obstacle ne fournisse au moins un prétexte pour agir autrement. Lorsque le terrain est entièrement uni, il leur paraît absurde de faire une route qui serpente ; car, disent-ils, c'est ou l'art ou le passage constant des voyageurs qui l'a faite ; et, dans l'un ou l'autre cas, il n'est pas naturel de supposer que les hommes voulussent choisir la ligne courbe, quand ils peuvent aller par la droite.

« Ce que nous nommons en anglais *clump*, c'est-à-dire peloton d'arbres, n'est point inconnu aux Chinois ; mais ils ne le mettent pas en œuvre aussi souvent que nous ; jamais ils n'en occupent tout le terrain. Leurs jardiniers considèrent un jardin comme nos peintres considèrent un tableau, et les premiers groupent leurs arbres de la même manière que les derniers groupent leurs figures, les uns et les autres ayant leurs masses principales et secondaires. »

Page 33, vers 9.

L'un, content d'un verger, d'un bocage, d'un bois,
Dessine pour le sage, et l'autre pour les rois.

Variante de l'édition de 1782.

Ainsi que leurs beautés tous les deux ont leurs lois ;
L'un est fait pour briller chez les grands et les rois.

Page 36, vers 6.

..... Je quitte l'orateur
Pour chercher un ami qui me parle du cœur.

Ce vers , comme on sait , est de Racine. L'auteur en fait l'application aux charmes du genre irrégulier et naturel, qui, moins éblouissant au premier coup d'œil, est sans doute plus varié, et d'un intérêt plus durable.

Page 36, vers 13.

— Regardez dans Milton, quand ses puissantes mains
Préparent un asile aux premiers des humains...

Plusieurs Anglais prétendent que c'est cette belle description
du paradis terrestre, et quelques morceaux de Spencer, qui ont
donné l'idée des jardins irréguliers ; et quoiqu'il soit probable,
comme je l'ai déjà dit, que ce genre vient des Chinois, j'ai
préféré l'autorité de Milton, comme plus poétique. D'ailleurs j'ai cru qu'on verrait avec plaisir toute la magnificence,
du plus grand roi du monde, tous les prodiges des arts, mis
en opposition avec les charmes de la nature naissante, et l'innocence des premières créatures qui l'embellirent, et l'intérêt
des premières amours. Je n'ai ni traduit, ni même imité Milton, qui a dû décrire Éden plus longuement que moi ; et quelque humiliante que soit pour moi la comparaison, je crois devoir insérer ici, pour le plaisir du lecteur, la traduction de cette
charmante description :

« Le jardin d'Éden était placé au milieu d'une plaine délicieuse, couverte de verdure, qui s'étendait sur le sommet

30

d'une haute montagne, et formait, en la couronnant, un rempart inaccessible. Tous les côtés de la montagne, escarpés et
déserts, étaient hérissés de buissons épais et sauvages qui en
défendaient l'abord. Au milieu de ces buissons s'élevaient majestueusement, à une prodigieuse hauteur, des cèdres, des
pins, des sapins, des palmiers, qui étendaient leurs branches, et,
en s'embrassant, offraient la décoration d'une scène champêtre. En élevant par degrés cimes sur cimes, ombrages sur ombrages, ils formaient un amphithéâtre dont les yeux étaient
enchantés. Les arbres les plus élevés portaient leurs têtes jusqu'à la verte palissade qui, comme un mur, environnait le paradis. Du centre de ce beau séjour, qui dominait tout le reste,
notre premier père pouvait librement promener sa vue sur son
empire, et en considérer les contrées voisines. Au-dessus de
la palissade et dans l'enceinte du paradis, régnaient, tout à
l'entour, des arbres superbes chargés des plus beaux fruits et
de fleurs émaillées des plus brillantes couleurs.

« Au milieu de ce charmant paysage, un jardin encore plus
délicieux avait eu Dieu lui-même pour ordonnateur. Il avait
fait sortir de ce fertile sein tous les arbres les plus propres à
charmer les yeux, à flatter l'odorat et le goût. Au milieu d'eux
s'élevait l'arbre de vie, d'où découlait l'ambroisie d'un or li-
quide. Non loin était l'arbre de la science du bien et du mal, qui
nous coûte si cher, arbre fatal dont le germe a produit la mort.

« Dans ce jardin coulait vers le midi une large rivière dont le cours ne changeait point, mais qui disparaissait sous la montagne du paradis, dont la masse le couvrait entièrement. Le Seigneur ayant posé cette montagne, qui servait de fondement à son jardin, sur cette onde rapide, qui, doucement attirée par la terre altérée et poreuse, montait dans ses veines jusqu'à son sommet, d'où elle sortait en claire fontaine, et se partageait en plusieurs ruisseaux, qui, après avoir arrosé tout le jardin, se réunissaient pour se précipiter du haut de cette montagne escarpée, et après avoir formé une superbe cascade, se divisaient en quatre principales rivières, et traversaient différents empires.

« Que n'est-il possible à l'art de décrire cette fontaine de saphir, dont les ruisseaux argentins et tortueux, roulant sur des perles orientales et sur des sables d'or, formaient des labyrinthes infinis sous les ombrages qui les couvraient, en versant le nectar sur toutes les plantes, et nourrissant des fleurs dignes du paradis! Elles n'étaient point rangées en compartiments symétriques, ni en bouquets façonnés par l'art. La nature bienfaisante les avait répandus avec profusion sur les collines, dans les vallons, dans les plaines découvertes qu'échauffaient doucement les rayons du soleil, et dans les berceaux où des ombrages épais conservaient pendant l'ardeur du soleil une agréable fraîcheur.

« Cette heureuse et champêtre habitation charmait les yeux
par sa variété : la nature, encore dans son enfance, et mépri-
sant l'art et les règles, y déployait toutes ses grâces et toute sa
liberté. On y voyait des champs et des tapis verts admirablement
nuancés, et environnés de riches bocages remplis d'arbres de
la plus grande beauté : des uns coulaient les baumes précieux,
la myrrhe et les gommes odoriférantes ; aux autres étaient
suspendus des fruits brillants et dorés, qui charmaient l'œil et
le goût. Tout ce que la fable attribue de merveilleux aux vergers des Hespérides, s'offrait réellement dans l'admirable jardin d'Éden. Entre ces arbres paraissaient des tapis de verdure :
sur les penchants des vallons et des petites collines, on voyait
des troupeaux qui paissaient l'herbe tendre. Ici, les palmiers
couvraient de jolis monticules ; là des ruisseaux serpentaient
dans le sein d'un vallon couvert de fleurs et de roses sans épines. D'un autre côté paraissaient des grottes impénétrables
aux rayons du soleil, et des cavernes où régnait une fraîcheur
délicieuse. Elles étaient couvertes de vignes, qui, étendant de
tous côtés leurs branches flexibles, offraient en abondance des
grappes de pourpre. Les ruisseaux, coulant avec un doux murmure, formaient d'agréables cascades le long des collines, et
se dispersaient ensuite , ou se réunissaient dans un beau lac,
qui présentait son miroir de cristal à ses rivages émaillés de
fleurs et couronnés de myrtes. Les oiseaux formaient un chœur

mélodieux, et les zéphyrs, portant avec eux les odeurs suaves
des vallons et des bocages, murmuraient entre les feuilles légèrement agitées, tandis que Pan, dansant avec les Grâces et
les Heures, menait à sa suite un printemps éternel. »

Page 38, vers 14.

Riche de fruits, de fleurs, d'innocence et de joie !

Le premier chant finit à ce vers dans l'édition de 1782.

Page 40, vers 1.

Tel est Bleinheim, Bleinheim la gloire de ses maîtres.

Bleinheim est un château orné de superbes jardins, et situé
à quelques milles de Londres. Ce château a été construit en
vertu d'un arrêté du parlement pour être offert au duc de
Marlborough, en récompense de ses brillants services. Voici la

traduction de ce qu'en dit Tikell, poëte anglais, dans une *Ode sur la Paix.*

« Il revient ce héros, l'honneur de l'Angleterre; il quitte les champs de bataille pour les paisibles retraites de Woodstock ; prends ta lyre, ô ma muse ! et que tes doux accords rappellent qu'en ces lieux fut jadis la bien-aimée de Henri II, la belle Rosamonde, celle que Chaucer a chantée :

« Salut! grotte merveilleuse! salut! véritable Élysée! le plus beau de la belle Angleterre! où nos anciens rois, se dérobant aux splendeurs de leur trône, venaient secrètement jouir des beautés de la nature; où l'amour et la guerre agitèrent tour à tour leur étendard; où près des berceaux de Henri, on voit les donjons de Bleinheim.

« Le brave guerrier vient chercher le repos sous tes romantiques bosquets. Souvent, ma muse le présage, lorsque, plongé dans une douce rêverie, il lira les beaux vers de notre vieux Chaucer, il croira voir l'ombre de Rosamonde fouler près de lui le gazon des pelouses, et entendre l'écho répéter de colline en colline son nom gracieux. »   (L.)

Page 40, vers 10.

Je songe, ô Rosamonde! à ta touchante histoire.

Rosamonde, fille du baron Walter de Clifford, a été la première maîtresse de Henri II, roi d'Angleterre, et une des plus
belles femmes du royaume. Elle habitait le palais du roi à
Woodstock, où a été bâti depuis le château de Bleinheim; elle
quitta ce lieu pour aller s'enfermer dans un couvent, où elle
mourut pénitente. Addison a fait de Rosamonde le sujet d'un
drame lyrique.

Page 43, vers 17.

Ah ! pour comble d'honneur, puisse un Spencer nouveau
Par un chant de famille honorer son tombeau !

Spencer, nom de famille du duc de Marlborough.

Page 45, vers 13

Adieu, Bleinheim : Chambord à son tour me rappelle.

Chambord est un château situé près de Blois, qui a été cons-

truit pour le maréchal de Saxe. C'est le même qui, sous la
Restauration, fut acheté par souscription pour être offert au
duc de Bordeaux.

PARC DE M. DE ROTHSCHILD, A BOULOGNE.

NOTES ET VARIANTES

DU

DEUXIÈME CHANT.

PARC DE M. DE ROLLAND, A SAINT-AUGUSTIN.

NOTES ET VARIANTES.

CHANT DEUXIÈME.

Page 55, vers 6 et suivants.

Tout respire une mâle et sauvage beauté.

Variante de l'édition de 1782.

Telle on aime d'un bois la rustique noblesse.

Le bocage, moins fier, avec plus de mollesse
Déploie à nos regards des tableaux plus riants...

Page 56, vers 6.

Mais surtout, si l'exil de leur cloître pieux
A banni ces reclus qui, sous des lois austères,
Dérobent aux humains leurs tourments volontaires...

M. Thomas Weld, écuyer, a fourni un établissement aux
religieux de la Trappe, sur ses terres, à Lulworth, près Wa-
reham.

Bar, dans sa *Description des Ordres religieux*, etc., donne
sur les pères de la Trappe les détails suivants :

« L'abbaye de la Trappe a été fondée en 1140 par Rotrou,
comte du Perche. Elle fut longtemps célèbre par l'éminente
vertu de ses abbés et de ses religieux; mais elle eut enfin le

sort de plusieurs autres maisons de cet ordre, où les religieux, dégénérant de la vertu de leurs pères, abandonnèrent les observances régulières. Cette abbaye ayant été saccagée plusieurs fois pendant les guerres survenues en France, les religieux, réduits à manquer de tout, se soutinrent pendant quelque temps; mais ils furent enfin contraints de se séparer, et ne revinrent dans leur maison que lorsque les troubles furent finis. Ils étaient alors bien différents de ce qu'ils avaient été, par la corruption qu'ils avaient contractée dans le monde. Depuis cette époque, le déréglement fit de si grands progrès dans cette abbaye, que les religieux devinrent le scandale du pays, vivaient dispersés çà et là, et ne se rassemblaient que pour faire des parties de chasse et de divertissement. Tel était l'état des choses quand Armand-Jean Le Bouthilier de Rancé, qui en était abbé, conçut le dessein de les réformer et de rétablir parmi eux la discipline monastique, autant que le malheur des temps pouvait le permettre. Peu à peu on vit renaître dans cette maison les pratiques les plus austères, et ceux qui avaient embrassé la réforme s'efforcer de tendre à la plus haute perfection; leur vie était partagée entre la lecture, le travail et la prière. A l'heure du travail chacun quittait sa coule, et, retroussant l'habit de dessous, suivait la tâche qui lui était assignée; car il ne leur était pas libre de choisir ce qui convenait le plus à leur inclination. »

Page 59, vers 1er et suivants.

Mais c'est peu qu'en leur sein le bois ou le bocage
Renferment leur richesse élégante ou sauvage...

Variante de l'édition de 1782.

Mais c'est peu qu'en leur sein le bois ou le bocage
Renferment leur richesse élégante et sauvage ;
Il en faut avec soin embellir les dehors.
Avant tout, n'allez point, symétrisant leurs bords,
Par vos murs de verdure et vos tristes charmilles
Nous cacher des forêts les nombreuses familles.
Je veux les voir : je veux, perçant au fond des bois,
Voir ces arbres divers qui croissent à la fois ;
Les uns tout vigoureux et tout frais de jeunesse,
D'autres tout décrépits...

Page 65, vers 5 et suivants.

..... et nos beaux jours
S'envolent les premiers , s'envolent pour toujours.
Mais tandis que ma voix...

Variante de l'édition de 1782.

... et nos beaux jours
S'envolent les premiers, s'envolent pour toujours !

Heureux donc qui jouit d'un bois formé par l'âge !
Mais trop heureux aussi qui créa son bocage,
Ces arbres dont le temps prépare la beauté !
Il dit comme Cyrus : C'est moi qui les plantai.

Vous donc, si de vos plans vous êtes maître encore,
Craignez qu'avant le temps ils se pressent d'éclore.
Tel qu'un peintre, arrêtant ses indiscrets pinceaux,
Longtemps dans sa pensée ébauche ses tableaux...

Page 67, vers 18 et suivants.

Vernet de deux couleurs éteint l'antipathie.
Connaissez donc l'emploi de ces différents verts.

Variante de l'édition de 1808.

Vernet de deux couleurs éteint l'antipathie.

Tu connus ce secret, ô toi dont le coteau,
Dont la verte colline offre un si doux tableau,
Qui des bois par degrés nuançant la verdure,
Surpassas le Lorrain, et vainquis la nature.
Toi qui, de ce bel art nous enseignant les lois,
As donné le précepte et l'exemple à la fois,
Ah! puisses-tu longtemps jouir de tes ouvrages,
Et garder dans ton cœur la paix de tes ombrages!
Je ne sais quel instinct me dit que quelque jour,
Entraîné malgré toi de tes champs à la cour,
Tes mains cultiveront une plante plus chère.
Puisse être cet enfant l'image de son père!
Et que jamais n'arrive à cette tendre fleur
Le souffle de la haine et le vent du malheur!
Achève cependant d'embellir tes bocages.

Et vous qu'il instruisit dans l'art des paysages,
Observez comme lui tous ces différents verts,
Plus sombres ou plus gais, plus foncés ou plus clairs.
Remarquez-les surtout lorsque la pâle automne
Près de la voir flétrir...

Le duc d'Harcourt, fils aîné du maréchal, avait créé dans sa
terre d'Harcourt, près de Caen, un des plus beaux jardins de
France, celui de la *Colline;* et il y jouissait en sage des charmes
de la retraite, lorsqu'il fut nommé gouverneur du dauphin,
premier fils de Louis XVI, qui est mort à Meudon en 1789.
Ce duc, qui avait écrit sur les jardins, est mort en 1800, à Lon-

dres, où il était depuis plusieurs années ambassadeur du roi de
France.

Page 69, vers 15.

Ainsi je nourrissais mes tristes rêveries...

Variante de l'édition de 1782.

Mais tandis que mon cœur nourrit ces rêveries ,
D'arbustes , d'arbrisseaux mille races fleuries
M'appellent à leur tour. Venez, peuple enchanteur !...

Page 72, vers 16.

Croit revoir les beaux jours, et chante le printemps.
Toutefois , de vos plants....

Variante de l'édition de 1782.

Croit revoir les beaux jours, et chante le printemps.

Ainsi ce doux réduit plaît sans être factice.
Mais les jardins des rois avec plus d'artifice,
Avec plus d'appareil triomphent des hivers.
J'en atteste, ô Monceaux, tes jardins toujours verts :
Là, des arbres absents les tiges imitées,
Les magiques berceaux, les grottes enchantées,
Tout vous charme à la fois : là, bravant les saisons,
La rose apprend à naître au milieu des glaçons ;
Et les temps, les climats, vaincus par des prodiges,
Semblent de la féerie épuiser les prestiges.
Mais l'art, et la féerie et ses enchantements
Ne sont pas des jardins les plus doux ornements ;
L'habitude bientôt a flétri vos bocages ;
Souvent, quand l'étranger jouit de vos ombrages,
Déjà leur possesseur languit sans intérêt.
N'est-il pas des moyens dont le charme secret
Vous rende leur beauté toujours plus attachante ?
Oh ! combien des Lapons...

L'auteur parlait ici du jardin d'hiver que le duc de Chartres avait fait établir dans le parc de Monceaux, qui était pour l'époque une véritable féerie et dont la serre-chaude était une des plus belles du temps.

Page 78, vers 13 et suivants.

..... l'éloquent Malesherbes

Enrichir notre sol de cent tiges superbes.
Là , des plants rassemblés des bouts de l'univers...

Variante de l'édition de 1808.

..... l'éloquent Malesherbes
Enrichir notre sol de cent tiges superbes ,
Nourrissons inconnus de vingt climats divers ,
De la cime des monts, de la rive des mers.
Je voyage entouré de leur foule choisie...

Page 79, vers 10.

Je t'en prends à témoin , jeune Potaveri.

C'est le nom d'un habitant d'Otahiti, amené en France par
M. de Bougainville, célèbre par plus d'un genre de courage,
et connu si avantageusement comme militaire et comme voyageur. Le trait que je raconte ici de ce jeune Otahitien est très-
connu et très-intéressant. Je n'ai fait que changer le lieu de
la scène, que j'ai placée au Jardin-du-Roi. J'aurais voulu mettre

dans mes vers toute la sensibilité qui respire dans ce peu de
mots qu'il prononçait en embrassant l'arbre qu'il reconnut, et
qui lui rappelait sa patrie : « C'est Otahiti ! » disait-il ; et en re-
gardant les autres arbres : « Ce n'est pas Otahiti ! » Ainsi, ces
arbres et sa patrie s'identifiaient dans son esprit. J'ai cru que
ce trait si touchant et si nouveau pourrait fournir un épisode
heureux.

Page 79, vers 12.

Où l'amour sans pudeur n'est pas sans innocence...

On a remarqué chez tous les peuples où la société a fait peu
de progrès, une certaine innocence dans les mœurs, très-diffé-
rente de la réserve et de la pudeur qui accompagnent toujours
la vertu dans les femmes des nations civilisées. Dans l'île d'O-
tahiti, dans la plupart des autres îles de la mer du Sud, à
Madagascar, etc., les femmes mariées croient se devoir ex-
clusivement à leurs maris, et manquent rarement à la fidélité
conjugale; mais les filles non mariées ne se font aucun scru-
pule de se livrer aux goûts même passagers que les hommes

leur inspirent. Elles n'y attachent aucune idée de crime, ni même de honte : elles ne s'assujettissent, ni dans leurs discours, ni dans leur habillement, ni dans leurs manières, à ce que nous regardons comme des devoirs pour leur sexe. Mais chez elles, c'est simplicité et non corruption : elles ne méprisent pas les règles de la décence ; elles les ignorent. Dans ces pays la nature est grossière ; mais elle n'y est pas dépravée : voilà ce que j'ai essayé de peindre par ce vers.

Page 80, vers 18.

Du moins pour un instant retrouva sa patrie.

Le deuxième chant finit à ce vers dans l'édition de 1782.

Page 87, vers 6.

Que votre art les promette, et que l'œil les espère...

Ce dernier hémistiche se trouve dans une épître charmante

de M. de Saint-Lambert; c'est par réminiscence qu'il s'est glissé dans mon ouvrage.

Page 90, vers 10.

Au parc de Kensington les fiers enfants de Londres...

Kensington est un château de la couronne, à une demi-lieue de Londres, qu'habitait la reine Victoria avant de monter sur le trône. Les jardins en sont très-étendus et d'une grande beauté ; ils sont contigus à Hyde-Park, grande promenade de Londres.

PARC DE M. LE DUC DE TRÉVISE, A SCEAUX.

NOTES ET VARIANTES

DU

TROISIÈME CHANT.

PARC DE M. SCRIBE, A MONTALAIS.

NOTES ET VARIANTES.

TROISIÈME CHANT.

Page 98, vers 5.

Il veut qu'en liberté les heureux Pensylvains
Puissent cueillir les fruits qu'ont cultivés leurs mains..

Variante de l'édition de 1782.

Il veut qu'un peuple ami , trop longtemps opprimé,
Recueille en paix le grain que ses mains ont semé.

Page 100, vers 3.

Qui ne dégradent plus ni vos parcs , ni mes vers.
Sur le climat encor réglez vos plants divers...

Variante de l'édition de 1782.

Qui ne dégradent plus ni vos parcs , ni mes vers.
Mais c'est peu de créer ces vastes tapis verts ;
Il en faut avec goût savoir choisir les formes...

Page 103, vers 3.

Je sais que dans Harlem plus d'un triste amateur

Au fond de ses jardins s'enferme avec sa fleur...

Harlem est une ville de Hollande où se fait un grand commerce de fleurs. On sait à quel degré d'extravagance des amateurs ont porté dans ce genre l'amour de la rareté et des jouissances exclusives.

Page 104, vers 5.

Que Rapin, vous suivant dans toutes les saisons,
Décrive tous vos traits, rappelle tous vos noms...

Le père Rapin a écrit en vers latins un poëme en quatre chants sur les jardins symétriques, qui a été considéré dès son apparition comme un chef-d'œuvre. Dans ce poëme, où l'auteur emploie avec bonheur le style de Virgile, la sécheresse inévitable des préceptes disparaît sous une foule d'allégories ingénieuses empruntées à la mythologie; les nymphes, les dryades, les naïades viennent intéresser pour chaque fleur, pour chaque arbre, pour ses fontaines.

Page 104, vers 11 et suivants.

      Qui formait avec grâce
Dans les jours de festin la couronne d'Horace ;
La rose au doux parfum , de qui l'extrait divin...

Variante de l'édition de 1782.

      Qui formait avec grâce
Dans les jours de festin la couronne d'Horace ;
Mais ce riant sujet plaît trop à mes pinceaux ,
Destinés à tracer de plus mâles tableaux.
O vous dont je foulais les pelouses fleuries ,
Adieu , charmants bosquets , adieu , vertes prairies :
Ces masses de rochers confusément épars
Sur leur informe aspect appellent nos regards.
De nos jardins voués à la monotonie...

Page 105, vers 16.

Du haut des vrais rochers, sa demeure sauvage ,

La nature se rit de ces rocs contrefaits,
D'un travail impuissant avortons imparfaits.

En général, on ne peut bien imiter les rochers, pas plus que tous les grands effets de la nature. Elle ne permet à l'art de tenter des hardiesses que lorsqu'il combat avec toutes les ressources du génie et de l'opulence. C'est ainsi que s'est formé, d'après les dessins de Robert, le superbe rocher de Versailles, dont l'effet ne peut être deviné que par l'imagination, qui le fait voir d'avance coiffé de beaux arbres, et orné de ce que le temps seul peut lui donner de vraisemblance et de beauté.

Page 106, vers 4.

Aux champs de Middleton, aux monts de Dovedale...

Middleton et Dovedale, vallons dans le Derbyshire, renommés par les formes pittoresques de leurs chaînes de rochers, décrits par Whateli, fameux dessinateur de jardins anglais,

dont j'ai, ainsi que Morel, dans son charmant *Traité des Jardins*, emprunté quelques traits, tels que celui de la cabane et
du pont suspendus sur des précipices. Mais j'ai tâché d'exprimer d'une manière qui m'appartînt les sensations que font
naître ces aspects effrayants.

Page 111, *vers* 7.

Ainsi, malgré Morel, dont l'éloquente voix
De la simple nature a su plaider les droits...

Morel, créateur des plus beaux jardins naturels de France,
a écrit en vers français, sur la manière de les planter, un poëme
en quatre chants qui parut avant celui de Delille. Moins brillant sous le rapport du style, son poëme se distingue par une
étude plus approfondie et des préceptes plus pratiques. Il
montre comment l'art peut venir en aide à la nature, mais il
critique sévèrement toutes les décorations dans lesquelles il se
montre trop à découvert. C'est à cette pensée que l'auteur fait
allusion ici.   (L.)

Page 118, vers 12.

Tel est, cher Watelet, mon cœur me le rappelle...

Claude Henri Watelet, receveur-général des finances, né à Paris en 1718. L'un des quarante de l'Académie française, membre de plusieurs académies étrangères, mort à Paris le 13 février 1786. Voici le portrait qu'en trace Marmontel dans ses Mémoires :

« L'un des hommes de notre sièle qui avait le mieux arrangé sa vie pour être heureux, c'était Watelet. Il s'était donné tous les goûts, il aimait tous les arts, il attirait chez lui les gens de lettres et les artistes : il s'était fait lui-même artiste et homme de lettres, non pas avec ce brillant succès qui éveille et provoque l'envie, mais avec ce demi-talent qui sollicite l'indulgence, et qui, sans éclat, sans orages, obtenant de l'estime et se passant de gloire, amuse les loisirs d'une modeste solitude ou d'une société bénévole. Ajoutez à ces avantages une singulière aménité de mœurs, une probité délicate, une politesse attentive à tenir constamment l'amour-propre d'autrui en paix avec le sien, et vous aurez l'idée d'une vie voluptueusement innocente. Telle fut celle de Watelet. »

Page 120, *vers* 9.

Délicieux Oatlands! ta plus riche parure...

Oatlands, château dans les environs de Richemond, résidence de LL. AA. les duc et duchesse d'York.

Page 124, *vers* 6.

Tout est beau, simple et grand ; c'est l'art de la nature.
Que dis-je? vos travaux sont encore imparfaits...

Variante de l'édition de 1782.

Tout est beau, simple et grand ; c'est l'art de la nature.

Mais ces eaux, mais leurs bords sont encore déserts.
Venez ; peuplons leur sein de citoyens divers ;
Plaçons-y ces oiseaux qui, d'une rame agile,
Navigateurs ailés, fendent l'onde docile ;
Au milieu d'eux s'élève et nage avec fierté
Le cygne au cou superbe, au plumage argenté ;
Le cygne, à qui l'erreur prêta des chants aimables,
Et qui n'a pas besoin du mensonge des fables.

Pour animer les eaux, l'art encor n'a-t-il pas
Le flottant appareil des voiles et des mâts ?
Par la rame emportée, une barque légère
Laisse à peine, en fuyant, sa trace passagère :
Zéphyre de la toile enfle les plis mouvants,
Et chaque banderole est le jouet des vents.

Et si nos vieux romans, ou la fable, ou l'histoire,
D'un ruisseau, d'une source ont consacré la gloire...

Page 127, vers 14.

Et par eux ces beaux lieux s'embellissaient encore

Le troisième chant finit à ce vers dans l'édition de 1782.

Page 128, vers 13.

Tel j'ai vu ce Twicknham, dont Pope est créateur...

Twicknham, village à trois lieues de Londres et sur les bords de la Tamise. On y voit encore la maison et le jardin qui ont appartenu à Pope, et qu'il avait achetés avec le produit de sa traduction d'Homère. Cette propriété, illustrée par Pope, était passée au lord Clair, si connu par ses exactions dans l'Inde et par sa fin déplorable.

ÉTANG DU PARC DE M. DE ROLLAND D'ARBOUSTE, A DOYS.

NOTES ET VARIANTES

DU

QUATRIÈME CHANT.

PARC DE M. LE COMTE DE CHOULOT, A MIMONT.

NOTES ET VARIANTES.

※

CHANT QUATRIÈME.

Page 141, vers 5.

Imitez le Poussin : aux fêtes bocagères,
Il nous peint les bergers et les jeunes bergères,

> Les bras entrelacés, dansant sous des ormeaux,
> Et près d'eux une tombe où sont écrits ces mots :
> « Et moi, je fus aussi pasteur dans l'Arcadie. »

Ce fameux tableau est sans doute le plus beau des tableaux de paysages. Si on ne savait d'ailleurs combien l'imagination du Poussin s'était nourrie des ouvrages des grands poëtes anciens, ce tableau suffirait pour le prouver. Presque toutes les odes voluptueuses d'Horace ont le même caractère. Partout, au milieu des fêtes et des plaisirs, il montre la mort dans le lointain. « Hâtez-vous, dit-il; qui sait si nous vivrons demain? Nous mourrons, il faudra quitter cette belle maison, cette femme charmante ; et de tous ces arbres que vous cultivez, le seul cyprès suivra son maître, ·hélas ! trop peu durable. »

C'est cette même philosophie, puisée dans les poëtes anciens, qui dictait à Chaulieu ces vers pleins d'une si douce mélancolie :

> Muses, qui dans ce lieu champêtre
> Avec soin me fîtes nourrir ;
> Beaux arbres, qui m'avez vu naître,
> Bientôt vous me verrez mourir.

Ces contrastes de sensations moitié voluptueuses, moitié

tristes, agitant l'âme en sens contraire, font toujours une impression profonde ; et c'est ce qui m'a engagé à jeter, au milieu des scènes riantes des jardins, la vue mélancolique des urnes et des tombeaux consacrés à l'amitié ou à la vertu.

Page 143, vers 2.

Voyez sous ces vieux ifs la tombe où vont descendre
Ceux qui, courbés pour vous sur des sillons ingrats,
Au sein de la misère espèrent le trépas.

Dans ces vers, consacrés aux humbles sépultures des habitants de la campagne, j'ai imité quelques vers du cimetière de Gray.

Page 145, vers 1.

Revenons, il est temps, sous de plus gais ombrages.
L'architecture encore au fond de ces bocages...

Variante de l'édition de 1782.

Mais entrons, il est temps, sous de plus gais ombrages.
L'architecture encore au fond de ces bocages
M'attend pour les orner d'édifices charmants.
Ce ne sont plus du deuil les tristes monuments;
Ce sont d'heureux réduits, qui, parmi la verdure,
Offrent sous mille aspects leur riante parure.
Mais j'en permets l'usage et j'en proscris l'abus.

Page 145, vers 15.

Dans Stow, je l'avoûrai, l'art plus judicieux
Et choisit mieux leur forme, et les disposa mieux.

Stow, château et jardin dans le comté de Buckingham. Le propriétaire actuel est lord Temple. C'est le jardin de Stow qui a fourni le premier modèle des jardins dits anglais.

Page 153, vers 9.

Tel, formant une cour à l'épouse des rois,

Kiow des plants étrangers a rassemblé le choix.

Kiow, résidence royale à deux lieues de Londres ; on en admire le jardin botanique où se trouvent les plantes les plus rares des deux hémisphères.

Page 161, vers 1.

Mais loin ces monuments dont la ruine feinte
Imite mal du temps l'inimitable empreinte,
Tous ces temples anciens récemment contrefaits,
Ces restes d'un château qui n'exista jamais,
Ces vieux ponts nés d'hier, et cette tour gothique
Ayant l'air délabré sans avoir l'air antique.

M. de Chabanon, dans une épître fort agréable écrite en faveur des jardins du genre régulier, a remarqué avant moi que les vieux monuments réveillaient des souvenirs ; avantage que n'ont pas les ruines factices. Cette idée se trouve dans d'autres ouvrages, et particulièrement dans celui de Whately ; et d'ailleurs elle est si naturelle, qu'elle était facile à trouver. Peut-être n'était-il pas aussi aisé de la bien rendre, surtout après M. de Chabanon ; mais si je me suis rencontré avec lui,

35

ce que j'ai tâché d'éviter, je répète que ses vers ont été faits avant les miens.

Page 167, vers 4.

Toi surtout, brave Cook, qui, cher à tous les cœurs...

Tout le monde connaît les voyages instructifs et courageux du célèbre et malheureux Cook, et l'ordre que fit donner Louis XVI de respecter son vaisseau sur toutes les mers ; ordre qui fait un égal honneur aux sciences, à cet illustre voyageur et au roi dont il devenait pour ainsi dire le sujet par ce genre nouveau de bienfaisance et de protection.

Page 168, vers 3.

Que pour lui seul la guerre oubliât ses ravages ?
L'ami des arts, hélas ! meurt en proie aux Sauvages.

Variante de l'édition de 1782.

Que pour lui seul la guerre oubliàt ses ravages ?
L'ami du monde, hélas ! meurt en proie aux Sauvages.
Vous qui pleurez sa mort, fiers enfants d'Albion,
Imitez, il est temps, sa noble ambition.
Pourquoi dans vos égaux cherchez-vous des esclaves ?
Portez-leur des bienfaits, et non pas des entraves.
Le front ceint de lauriers cueillis par les Français,
La victoire aujourd'hui sollicite la paix.
Descends, aimable Paix, si longtemps attendue,
Descends ; que ta présence à l'univers rendue
Embellisse les lieux qu'ont célébrés mes vers :
Viens ; forme un peuple heureux de cent peuples divers :
Rends l'abondance aux champs, rends le commerce aux ondes,
Et la vie aux beaux-arts, et le calme aux deux mondes !

Ces vers terminent le poëme dans l'édition de 1782.

UN BASSIN DU JARDIN ZOOLOGIQUE A LONDRES.

APPENDICE.

APPENDICE.

OBSERVATIONS

SUR QUELQUES ARTIFICES PARTICULIERS

EMPLOYÉS

DANS LA COMPOSITION DES JARDINS.

Écrire après Delille l'art de composer les jardins serait presque une témérité. Lui seul, avec sa poésie élégante et facile, pouvait s'élever jusqu'à cet art, destiné à faire naître dans l'âme des sensations si douces, des pensées si consolantes.

Qui peut lire ses beaux vers sans en être ému, sans se créer
pour l'avenir l'image d'une retraite paisible, embellie de tout
ce que la nature offre de plus parfait, telle enfin qu'il la dépeint
avec tant de grâce?

Son poëme est pénétré dans toutes ses parties d'une morale
si pure, d'une philosophie si élevée, que l'on doit être heureux
des espérances et des désirs qu'il fait naître, même lorsque la
situation présente ne laisse pas apercevoir dans l'avenir la
possibilité de les réaliser.

Poëte et philosophe, mais non pas praticien, il a tracé d'une
manière inimitable la partie morale de son sujet; mais sous le
rapport matériel, c'est-à-dire quant à ce qui concerne les
instructions pratiques de l'art de planter et de disposer, son
œuvre n'est pas à la hauteur des connaissances actuelles.

Les progrès incessants de l'horticulture, les améliorations
qu'y ont apportées des travaux plus suivis, une étude plus
approfondie, la découverte récente de nombreux végétaux
étrangers, dont quelques-uns déjà sont complétement naturalisés sur notre sol, sont venus depuis la publication de son
poëme faciliter l'œuvre de l'artiste chargé de la distribution
d'un jardin, en lui permettant de varier davantage les nuances,
la hauteur, la force et la situation des masses qu'il veut former.
D'ailleurs, entraîné par son sujet, effleurant pour ainsi dire
l'une après l'autre toutes les beautés qu'il renferme, le poëte

n'a pu s'astreindre à des détails dont l'aridité aurait dénaturé son œuvre.

Presque tous les écrivains qui ont parlé de cet ouvrage, tout en reconnaissant comme nous l'heureuse influence qu'il peut exercer sur les esprits, ont cependant avancé que le but moral ne leur semblait atteint que lorsque le lecteur, par la position de sa fortune, serait à même de faire de nombreux sacrifices pour former d'un beau rêve une réalité.

Cette opinion repose sur une grave erreur. Un terrain de peu d'étendue et par conséquent d'une valeur médiocre, pourvu qu'il puisse recevoir pendant quelques heures l'influence des rayons solaires, peut, au moyen d'un arrangement bien entendu, devenir un jardin agréable; il ne faut pour cela ni de grandes dépenses, comme on serait tenté de le croire, ni même une situation favorable; seulement cette dernière, toutes circonstances égales d'ailleurs, amènerait nécessairement un résultat plus satisfaisant.

C'est moins par des paroles que par des exemples que nous prétendons prouver ce que nous venons de dire. Les dessins que nous avons joints à cet ouvrage sont pris indistinctement dans des jardins étendus ou resserrés, et dont la situation est extrêmement variée, tant pour le voisinage que pour l'exposition; quelques-uns même ont été pris dans l'enceinte de la capitale, et n'en jouissent pas moins de perspectives intérieures

36

ou extérieures agréablement disposées. Ils offrent en ces divers
genres des modèles dignes d'être imités. Nous allons les passer en revue successivement, en indiquant le mode de plantation suivi dans chacun d'eux ; nous résumerons en suite
les diverses observations auxquelles ils pourront donner lieu,
en indiquant en même temps quels moyens doivent être employés de préférence pour les diverses distributions.

Nous commencerons par ceux qui offrent des exemples de
perspective extérieure.

Le premier dont nous nous occuperons est situé dans l'intérieur de Paris ; c'est celui de l'hôtel de l'ambassade britan-
nique. Il forme un parallélogramme allongé, resserré entre
deux murs dont une extrémité touche aux Champs-Élysées ;
de l'autre, sur laquelle donne la façade de l'hôtel, la vue s'é-
tend sur une pelouse qui occupe toute la longueur du jardin
et semble même se prolonger au delà dans les Champs-Élysées.

Pour en augmenter l'étendue apparente et dérober en même
temps la vue désagréable des murailles, on a planté de chaque
côté des arbres dont les groupes se rapprochent de plus en
plus l'un de l'autre à mesure qu'ils s'éloignent davantage, et
pour compléter l'illusion, ces groupes, dont les premiers sont
composés d'arbres gigantesques et d'un feuillage épais et
foncé, vont en décroissant de hauteur et de teinte dans la
même proportion.

Le jardin de l'hôtel de l'ambassade de Prusse, qui occupe un petit espace en terrasse sur le quai d'Orsay, dont il n'est séparé que par un mur à hauteur d'appui, offrait à l'artiste des difficultés bien plus grandes. L'exiguïté du terrain, son exposition au nord, limitaient rigoureusement les plantations; et cependant il a trouvé moyen de procurer une vue agréable aux fenêtres de l'hôtel.

De grands arbres verts et un frêne gigantesque, placés de chaque côté le long des murs des maisons voisines, qui sont en outre tapissés de plantes grimpantes, forment à la fois le cadre et le premier plan du tableau. Un rideau d'arbustes peu élevés règne en travers le long des murs du quai, qu'il dérobe à la vue ainsi que la ligne blanche du mur de la terrasse des Tuileries. Au-dessus de ce rideau, l'œil se promène en liberté sur les arbres de cette terrasse ainsi que sur la place de la Concorde et les Champs-Élysées.

Si, maintenant, nous franchissons l'enceinte de Paris, nous trouverons dans ce genre une multitude d'exemples. Un jardin très-borné semblera comprendre dans sa vaste enceinte plusieurs lieues de pays. Tel est le jardin de M. Paris, à Fontenay-aux-Roses. Placé sur le versant d'une colline, ce jardin, dont la contenance n'excède pas huit ares, domine une perspective immense que, par la disposition de son plan, l'artiste a, pour ainsi dire, enfermée dans son enceinte. Ce sont, aux premiers plans, les coteaux d'Aulnay et de Plessis-Piquet, plus loin les hauteurs de Chatenay, surmontées d'un télégraphe; enfin, vers l'horizon, la célèbre tour de Montlhéry, distante de près de six lieues.

Nous aurons ensuite le jardin de M. Frédéric Soulié, à Bièvres, qui plane par ses diverses percées sur toute la vallée de la petite rivière de ce nom. La vue dont nous donnons le dessin est prise du cabinet de travail où cet écrivain a composé les *Mémoires du Diable*. Le parc de M. Amédée Pichot, à Bellevue, qui semble traversé par le chemin de fer de Versailles; celui de M. Laffitte, à Maisons, qui semble embrasser dans sa vaste enceinte le cours de la Seine et les collines de Sannois; celui de M. Eugène Scribe, à Montalais, près Meudon, d'où la vue s'étend sur les îles et la Seine jusqu'à la butte Montmartre; enfin, celui de M. le duc de Montmorency, à Auteuil, dont les percées sont si bien ménagées, que celles qui regardent Paris encadrent chacune un des beaux monuments de la capitale.

Les autres exemples de perspective extérieure que nous avons représentés, sont pris dans des parcs d'une étendue déjà considérable. Les points de vue y sont plus naturels, ils s'offraient pour ainsi dire d'eux-mêmes; aussi l'artiste a-t-il dû chercher à les restreindre pour en augmenter le charme.

Le parc de M. Legentil, à Saint-Ouen, offre dans ce genre un

des plus beaux exemples. Ancienne habitation des princes de
Rohan, puis du ministre Necker, ce parc, où Mme de Staël a
fait ses premiers pas, fut acquis, depuis la révolution, par
M. Ternaux, à qui l'industrie française doit une de ses
branches les plus importantes. A cette époque, c'était un de
ces jardins symétriques dont Le Nôtre avait fourni les modèles. Des quinconces d'arbres stériles percés d'allées paral-
lèles ou perpendiculaires ; plus près de l'habitation, des allées
sablées, des buis, des ifs, des tilleuls, esclaves rampants sous
les ciseaux du jardinier : telles étaient les beautés de ce genre
de jardin.

Sa position heureuse sur le sommet d'une colline, au pied
de laquelle se déploie, comme un large ruban, la Seine depuis
Asnières jusqu'à Saint-Denis, inspira à son possesseur, épris
des beautés de la nature, l'idée de le transformer en un jardin
naturel.

Les tilleuls, les ifs, les buis taillés disparurent ou reçurent
la liberté de croître à leur guise. Une foule de jeunes arbres
indigènes ou exotiques de toutes nuances, de toutes formes et
de toutes grandeurs, vinrent se grouper comme par enchantement autour d'une pelouse étendue, ornée d'une jolie pièce
d'eau, dont la terre et les roseaux forment seuls la limite.

Un massif d'arbres agréablement composé forme le fond de
ce tableau. De chaque côté de ce massif l'artiste a ménagé une

percée d'où la vue domine la Seine et se perd sur les hauteurs de l'autre rive.

Par respect pour les anciens propriétaires, les quinconces restèrent debout; l'âge et la beauté des arbres qui les composent, le lierre qui les tapisse entièrement, ont sans doute puissamment contribué à cette détermination; mais, en les conservant, l'artiste les a fait servir à l'embellissement de son plan. L'allée taillée, qui les terminait comme un mur, fit place à quelques groupes d'arbres et d'arbustes dont la hauteur décroissante, heureusement combinée, vient se perdre sur la pelouse comme les gradins d'un amphithéâtre.

Entre chacun des groupes qui entourent la pelouse, l'œil découvre quelque objet capable de fixer l'attention : Asnières, Genevilliers, la maison de Seine, Saint-Denis et sa vieille cathédrale sont aperçus tour à tour. C'est ainsi que l'artiste, au milieu d'un vaste panorama dont la monotonie aurait détruit tout l'effet, a fait, en en dérobant la plus grande partie, une quantité de vues partielles dont la diversité réjouit l'âme et lui fait éprouver les sensations les plus délicieuses.

Citerons-nous le parc de Villers, planté tout récemment par le prince aimable dont un affreux accident a privé la France? Nous y verrons la simplicité d'exécution unie au grandiose de la composition. Les goûts du malheureux prince y sont pour ainsi dire écrits par la nature elle-même : un terrain gazonné garni de groupes d'arbres qui semblent jetés çà et là, des buissons éparpillés, quelques sentiers tracés comme au hasard, donnent à ce beau parc l'apparence d'un bois presque sauvage ; les faisans, les perdrix, les lièvres, les lapins y trouvent pour retraites des fourrés impénétrables.

Le point de vue que nous avons représenté est pris de la chambre à coucher du prince. Quelles sensations ne devait-il pas éprouver le matin en admirant, sous ses fenêtres, cette belle campagne semblable au bois qu'il aimait à parcourir le fusil à la main, tandis qu'à l'horizon le Mont-Valérien, avec ses casemates et ses remparts, reportait son esprit vers cette citadelle d'Anvers, à la prise de laquelle il a si puissamment contribué, et cette Algérie, où il a montré tant de fois, à la tête de nos troupes, le courage d'un jeune Français joint à la prudence et à l'habileté d'un vieux général !

D'autres parcs encore ont attiré notre attention par les beaux points de vue qu'ils présentent; ce sont :

Le parc de M. le comte de Montalivet, à Lagrange, près Sancerre. Placé dans une situation admirable, sur le versant d'un coteau qui domine le cours de la Loire, ce parc offre de très-beaux points de vue : celui que nous avons dessiné est un des plus beaux qui se puissent imaginer. A l'extrémité d'une belle pelouse, semée çà et là d'arbres centenaires, se déploie un magnifique rideau de peupliers qui borde la Loire ; au-dessus de ce rideau, la vue s'étend sur un coteau couvert de riches cultures, au sommet duquel apparaît la ville de Sancerre et sa tour, célèbre dans l'histoire pour avoir été pendant les guerres de religion le dernier refuge de l'armée protestante.

Deux vallées à perte de vue séparent cette colline des montagnes voisines, et rompent, par le contraste qu'elles offrent avec elles, la monotonie de cet espace, dont l'œil ne peut mesurer l'étendue.

Le parc de M. le général Jacqueminot, à Fleury-sous-Meudon. Une végétation vigoureuse, de belles eaux, un terrain accidenté, rassemblent dans cet endroit tout ce que la nature peut offrir de plus riches aspects. La vue que représente notre gravure est prise dans la direction de la propriété de M. Panckoucke, dont nous aurons à nous occuper plus loin, et dont dépend la tour que l'on aperçoit au milieu des bois qui couronnent la vallée de Fleury.

Le parc de M. le comte de Girardin, à Aulnay. Moins bien partagé sous le rapport du sol, la végétation y est moins vigoureuse : des arbres verts, des châtaigniers, des bouleaux, des trembles, sont les seuls arbres qui y croissent d'une manière satisfaisante ; et cependant quel parti on en a tiré! quelle perspective a-t-on encadrée dans ces arbres! Chatenay, Antony, et tout le plateau de la Croix-de-Bernis à Longjumeau, y déploient leur paysage accidenté et varié. Ici encore on a gêné la

_Parc de M.... D....... C.... Jacquemmot...
à Fleury sous Meudon.

Chapuel Éditeur

vue pour la rendre plus agréable, et on y a parfaitement réussi.

Le parc de Mi-Mont, planté récemment par M. le comte de Choulot, sur le versant rapide d'une colline, offre aux regards étonnés une perspective immense, dont les belles vallées de la Loire et de l'Allier, que l'on aperçoit à la fois, viennent rompre l'uniformité. On ne peut admirer sans émotion ces belles vallées, ces coteaux, ces villages si nombreux, ces plaines couvertes des plus riches cultures. L'emplacement de ce parc a été choisi dans une si belle situation, les dispositions en sont si habilement ménagées, que, sans le peu d'âge des plantations, il serait presque impossible de dire si le parc a été fait pour jouir de son beau voisinage, ou si les plaines voisines ont été décorées exprès pour embellir le parc.

Enfin le parc de M. de Rolland, à Saint-Augustin. Des bois magnifiques, beaucoup d'eau, donnent à ce parc les plus magnifiques points de vue. Celui que nous avons dessiné représente un étang immense, dont on a cherché à réduire l'étendue apparente par la réflexion des arbres dont ses bords sont plantés, et par les sinuosités de ses rives.

Un seul exemple de perspective extérieure nous reste encore à indiquer : nous voulons parler du magnifique parc que M. Panckoucke possède à Fleury. Placé vis-à-vis et dans les mêmes conditions que celui de M. le général Jacqueminot, ce parc offre aussi de nombreux aspects. Son possesseur n'é-

37

pargne aucun sacrifice pour en augmenter continuellement la beauté. Nous avons donc eu à choisir entre une multitude de sites, et si nous nous sommes arrêtés à celui que représente notre gravure, c'est que nous y avons trouvé une idée entière- ment neuve et de fort bon goût comme perspective, et de plus une décoration qui peut devenir d'une grande utilité, ainsi que nous le ferons voir plus loin.

La partie du parc dont nous nous occupons, est une espèce de terrasse dallée, décorée dans le genre chinois, avec tout le luxe et toute la bizarrerie que ce peuple aime à trouver dans ses jardins. Trois pavillons, dont la façade est vitrée en cou- leur et qui sont ornés de monstres, de chimères et de clo- chettes, occupent entièrement le côté droit. Au fond, et per- pendiculairement à la façade des pavillons, s'avance un pan de mur de briques, surmonté, comme eux, de groupes bizarres. Une baie ovale, régulière, percée dans cette muraille, laisse voir et encadre le Mont–Valérien, la Seine et les campagnes environnantes. De l'autre côté, et vis-à-vis des pavillons, le mur disparaît entièrement pour faire place à une espèce de portique richement décoré, soutenu par des pilastres, et au- quel sont suspendus en forme de lampes des vases de porce- laine de toutes formes, garnis de fleurs. Entre ces pilastres, la vue plonge en toute liberté sur la belle vallée de Fleury et sur le parc de M. le général Jacqueminot.

Nous venons de passer en revue les divers exemples de perspective extérieure qu'offraient nos gravures, en commençant par ceux qui, pris dans un terrain très-petit, offraient le plus de difficultés; nous allons suivre la même marche pour la perspective intérieure.

Un terrain borné ou étendu peut quelquefois se trouver complétement privé de perspectives extérieures. Deux causes peuvent amener ce résultat : l'une, plus fréquente dans les villes, consiste dans l'élévation des constructions voisines; l'autre, absolument contraire, se présente dans le cas où le terrain se trouve au milieu d'une plaine unie jusqu'à l'horizon, et sur laquelle l'œil chercherait en vain un objet quelconque pour se reposer. Nous allons examiner successivement ces deux cas.

Le jardin de l'hôtel du ministre de l'intérieur à Paris est dans le premier. Borné de tous côtés par des constructions élevées, l'œil serait bientôt fatigué si l'on n'avait pas ménagé, par la plantation, quelques points de vue intérieurs. Celui que nous avons dessiné est très-simple et d'un très-bon effet. Entre les plantations d'arbres qui dérobent la vue des murs, on a ménagé une petite pelouse qui vient se terminer sous un beau massif de jeunes arbres. Une allée, aux courbes nombreuses, serpente sous le massif, et les parties qui se présentent aux regards, en faisant croire à la multiplicité des chemins, font

supposer le bosquet beaucoup plus étendu qu'il n'est réellement.

Celui que monseigneur l'archevêque de Paris possède à Saint-
Germain-en-Laye est resserré, aussi, entre les constructions de
la ville d'un côté, et le mur de la forêt de l'autre. Cette disposition a nécessité, de même, la création de vues intérieures.
C'était, autrefois, un jardin régulier, garni d'arbres taillés, dont
quelques-uns sont restés debout, ainsi qu'on peut le voir dans
notre gravure. L'artiste, en en sacrifiant une partie, en donnant aux autres la liberté et en les renforçant par de nouvelles
plantations, a créé une perspective, dont le secret consiste en
une allée très-touffue à son entrée, dont les arbres se rapprochent et semblent fuir au loin. La masse d'ombre que produit l'entrée sert à repousser le clair qui s'établit dans le
lointain. Des plantations d'arbres verts, autrefois bannis des
jardins symétriques parce qu'à l'exception de l'if ils sont
rebelles à la taille, ont ajouté à la métamorphose, et font de ce
petit jardin un séjour paisible et agréable.

Le troisième exemple de perspective intérieure dans un
petit terrain est encore pris dans Paris, à l'hôtel de l'ambassade de Naples. Là, les mêmes moyens ont produit les mêmes
effets, ainsi qu'on peut s'en convaincre par la seule inspection
de notre gravure.

Quant à la perspective intérieure des grands parcs, elle n'offre aucune difficulté; aussi les exemples ne nous manquent pas.

C'est d'abord la vue du pont de bateaux dans le parc du roi, à Neuilly. La végétation puissante des arbres, la courbe naturelle de la rivière autour de la grande île, la forment seuls sans le secours d'aucun artifice. Il est difficile de se figurer un lieu plus agréable pendant l'été, pour la beauté des arbres et la fraîcheur de leur ombrage, que les rayons solaires peuvent à peine percer. Un autre exemple de perspective est encore tiré de ce parc, dont les dispositions sont si admirablement calculées, et où la forme naturelle des arbres n'est jamais torturée par la taille : c'est, devant une belle allée sablée, une pelouse qui se développe majestueusement, et dont les extrémités vont se perdre sous des arbres de la plus grande beauté. Cette pelouse, au coucher du soleil, produit, par les contrastes de lumière et d'ombre, un effet grandiose, dont notre gravure peut à peine donner l'idée.

Le parc de M. de Genoude, au Plessis-les-Tournelles, sans avoir une disposition semblable, donne à peu près les mêmes effets.

Celui de MM. Voisins et Falret, à Vanvres, est très-ingénieusement combiné. Les plantations y sont faites dans le but de rompre la monotonie d'un plateau uni comme une glace. La vue que nous avons représentée offre à l'œil, outre la maison d'habitation, le sommet de l'arc de triomphe de l'Étoile.

Celui de **M.** de Rolland d'Arbouste, à Doys, offre une multitude de perspectives intérieures ou extérieures. Celle que
nous avons représentée est un beau modèle de pièce d'eau.
L'étang, dont les bords sont très-découpés et très-peu élevés,
semble occuper un terrain beaucoup plus considérable qu'il
ne l'est réellement ; et d'ailleurs le château, par sa construction
pittoresque, donne à la scène une physionomie tout à fait par-
ticulière.

Enfin, et comme dernier exemple de perspective intérieure,
nous donnons le parc de **M.** Vandermarcq, à Sceaux. Ce parc,
qui a appartenu longtemps à Mlle Mars, est vaste et parfaitement disposé. La vue que nous avons représentée est un des
artifices de perspective les mieux combinés. Deux pièces d'eau,
séparées l'une de l'autre par une langue de terre plantée
d'arbres gigantesques et formant des massifs très-compactes,
forment la base du tableau. A l'endroit où les pièces d'eau sont le
plus rapprochées, on a ménagé sous les arbres une percée
assez large pour laisser passer librement la vue de l'une à
l'autre. Les bords des pièces d'eau s'élèvent, par une pente
insensible, jusqu'aux arbres qui forment le fond, et qu'on a eu
soin de tenir éloignés suffisamment pour éviter leur réflexion
dans l'eau. Au moyen de cette position, ces arbres semblent
être plantés au loin, et les masses imposantes du second plan
les repoussent vigoureusement.

Toutes les perspectives que nous avons examinées jusqu'ici dépendent de la distribution du sol, des plantations et de la lumière. Nous allons maintenant examiner celles que peuvent fournir les divers objets de décoration qu'on a désignés sous le nom de fabrique.

On nomme fabrique, en terme d'horticulture, tout bâtiment ou construction, utile ou non, placé dans l'intérieur d'un jardin pour contribuer à son embellissement. Nous allons examiner celles que nous avons représentées :

Voici d'abord le parc de M. le baron de Rothschild, à Boulogne, dont l'élégance intérieure rachète l'étendue. Nous y avons représenté un chalet, construit sur le modèle de ceux qu'habitent les montagnards des cantons suisses; pour compléter l'illusion et animer la scène, quelques vaches errent sans cesse aux environs de ce chalet, sous la surveillance d'une femme portant le costume des cantons.

Le parc de Monceaux à Paris, l'un des premiers essais de l'introduction en France des jardins naturels. Les points de vue y sont tous pris à l'intérieur, et les fabriques, comme dans tous les jardins de cette époque, y sont répandues à chaque pas sous toutes les formes, quelques-unes d'entre elles sont de fort bon goût : celle que nous avons représentée, bien que ce soit une ruine factice et qu'on ne saurait proscrire avec trop de rigueur de tels ornements, a cependant acquis, par le temps

qui s'est écoulé depuis sa construction, le caractère d'une
ruine véritable, et, si ce n'est qu'elle ne réveille aucun souvenir,
l'œil peut aisément s'y méprendre. Elle a été construite dans
le but de représenter les restes d'une naumachie, c'est-à-dire
d'une pièce d'eau destinée à des joutes et à des combats
simulés.

Si, maintenant, nous passons au Petit-Trianon, nous trouverons encore une multitude de points de vue intérieurs. Mais
ici les fabriques ne sont pas prodiguées, un ordre judicieux a
présidé à leur distribution. Les rochers, les eaux, les pelouses
sont bien placés, leurs formes sont agréables, les nombreux
arbres exotiques qui y sont plantés varient continuellement les
aspects; mais rien ne flatte davantage la vue que le beau lac
que nous avons représenté et les habitations rustiques qui l'environnent. Une seule chose manque maintenant à ce beau lieu,
c'est d'être animé comme il l'était dans l'origine. Quels ensei-
gnements ne peut-on pas puiser dans ces bâtiments aujour-
d'hui si déserts et dont rien ne trouble plus le silence! Là, le
poëte, le philosophe, l'artiste peuvent aller chercher des in-
spirations : c'est une ruine véritable, une ruine avec toutes les
sensations attachées à ce mot.

C'est avec la même pensée que nous avons dessiné, dans le
parc de M. le duc de Trévise à Sceaux, un petit pavillon, le
seul reste de la splendide habitation de la duchesse du Maine,

de cette terre où , sous le prétexte de fêtes brillantes dont la renommée est arrivée jusqu'à nous, elle travaillait en secret à livrer la France au roi d'Espagne.

Chez M. de Pongerville, aux Quignons près Nanterre, nous avons dessiné un joli pavillon, dont l'existence est liée intimement au souvenir de Delille. C'est près de ce pavillon, c'est sous les ombrages qui l'environnent, que le grand poëte, dans sa vieillesse, presque aussi aveugle que Milton, venait souvent se promener ; c'est là que son imagination féconde évoquait le souvenir de la douce vierge de Nanterre, en foulant le sol où elle avait porté la houlette.

« Je crois, disait M. de Pongerville, en nous communi-
« quant ces détails, qu'il n'est pas un coin de terre autour de
« la capitale qui ne conserve l'empreinte du passage de quel-
« ques célébrités. Je pourrais en citer plusieurs dont les traces
« se conservent ici ; mais la renommée du traducteur des
« Géorgiques et de la courageuse Patronne de Paris me sem-
« ble trop pure pour que j'associe à cette renommée la mé-
« moire de personnages très-célèbres aussi, mais à des titres
« bien différents. »

Enfin, la dernière vue dont nous ayons à nous occuper est celle du beau lac d'Ermenonville. Il est impossible de se figurer, sans l'avoir vu, l'effet de cette perspective admirable. Des fenêtres de la salle à manger du château, la vue plane d'abord

38

sur une belle pelouse, à l'extrémité de laquelle l'eau du lac
vient, par une cascade majestueuse, tomber dans le lit de la rivière, sur laquelle est jeté un pont gracieux. Plus loin, l'œil
étonné se promène sur l'azur du lac pour venir se reposer sur
l'île des peupliers, sur cette tombe où furent enfermés pendant quelque temps les restes du plus grand philosophe du
dernier siècle. Tout dans ce parc rappelle son souvenir : le
temple de la philosophie, dont on aperçoit les colonnes sur le
penchant de la colline, la cabane qu'il a si longtemps habitée,
et jusqu'à une pierre tumulaire placée dans un des lieux les
plus sauvages du parc, et qu'on a désigné de ce nom si plein
de mélancolie : « La tombe de l'inconnu ». Cette pierre couvre
les restes d'un jeune homme qui s'est donné la mort à cette
place même, tenant dans ses mains l'une des œuvres de
J.-J. Rousseau, et une lettre adressée à M. de Girardin, contenant ces seuls mots : « Je prie monsieur de Girardin de me
« faire inhumer dans ces lieux si pleins du souvenir de celui
« dont les œuvres m'ont donné le courage de mettre fin à
« mes souffrances. »

Le parc d'Ermenonville termine la série de dessins que
nous avions à passer en revue.

Nous allons actuellement résumer succinctement les divers
moyens que l'art met à notre disposition pour embellir l'œuvre de la nature.

Le premier point qui va nous occuper, le plus important de tous, est naturellement la création et l'arrangement des perspectives extérieures ou intérieures.

Lorsque le terrain sur lequel on a à opérer est entièrement nu, un coup d'œil rapide jeté autour de soi suffit pour faire remarquer les sites extérieurs que leur beauté rend dignes d'être mis en vue.

Si, au contraire, vous aviez à rectifier le dessin d'un jardin anciennement planté, ou à rendre agréable un bois abandonné à la nature, gardez-vous bien d'abattre d'avance aucun des arbres antiques qui peuvent s'y trouver. Tout votre art ne pourrait remplacer ce que le temps seul a produit ; et d'ailleurs, tel arbre qui vous semble au premier coup d'œil hideux et décrépit pourra devenir, si vous savez le placer dans des circonstances convenables, le plus bel ornement de votre jardin. Si donc les plantations qui occupent le terrain méritent par leur âge d'être respectées, attendez patiemment que l'hiver, en dépouillant les arbres, permette à votre vue de traverser leurs masses sans obstacle. Parcourez en tous sens, examinez attentivement toutes les parties de votre terrain ; remarquez et jalonnez tous les sites qui vous paraissent offrir quelques beautés , tenez compte de l'élévation ou de l'abaissement du terrain, des eaux naturelles qui peuvent le traverser ou que son sein est susceptible de produire ; méditez longtemps ces diverses circonstances , et tracez ensuite votre plan.

Vos divers points de vue une fois déterminés, abattez, mais avec prudence, les arbres qui peuvent se trouver dans leur direction. Vous pourrez à loisir supprimer plus tard ceux dont la présence vous paraîtra superflue; tandis que, si vous aviez trop éclairci, dix ans ne suffiraient peut-être pas pour réparer le mal.

Un terrain, jouissant de vues extérieures, peut se trouver dans trois situations différentes relativement à ces vues : au sommet d'une colline élevée , il dominera tous les environs ; à mi-côte sur le penchant , la vue s'étendra d'un côté sur toute la vallée , mais elle sera arrêtée de l'autre par le sommet ; enfin , s'il est au fond du vallon , les regards se porteront à l'entour , mais l'horizon sera nécessairement borné.

Dans le premier cas, la vue, s'étendant au loin, risque de perdre complétement ses charmes par la monotonie de l'ensemble; il faudra donc s'occuper de la borner, en fixant l'attention sur quelques détails intéressants que l'immensité de l'ensemble aurait empêché de remarquer.

Dans le dernier, au contraire, la vue se trouvant naturellement bornée, les détails apparaîtraient trop : on doit donc chercher à l'étendre.

Le second cas participant à la fois des deux autres , ces mêmes principes lui sont applicables ; mais ils doivent quelquefois

se trouver réunis. La visite du terrain lui-même peut seule indiquer les moyens à employer.

Quelle que soit l'étendue d'un terrain, dès qu'il offre à l'extérieur des motifs de perspective, sa disposition générale
doit être telle que les plus beaux points de vue soient réservés
pour les fenêtres de l'habitation, et principalement pour la pièce
où l'on se tient le plus habituellement. Une allée, suivant en
courbes gracieuses les limites intérieures du terrain, offrira
tour à tour les autres points que l'on aura jugés dignes d'être
mis à découvert. Tantôt dérobée à la vue de l'habitation par
les arbres ou les inflexions du sol, et tantôt laissée à découvert, cette allée invitera à la promenade en faisant espérer
des aspects plus gracieux encore que ceux que l'on a sous les
yeux.

Tout ce que nous venons de dire s'applique, sauf quelques
modifications, à tous les terrains et à toutes les expositions.
Nous allons actuellement examiner les divers accidents qui
peuvent nécessiter ces modifications.

Un horizon très-étendu, où l'œil ne distingue aucun point
sur lequel il puisse s'arrêter, fatigue bientôt par sa monotonie; coupez-le par des massifs d'arbres touffus et vigoureux.
Que ces massifs soient groupés l'un près de l'autre en laissant
entre eux le passage de la vue vers les objets les plus appa-
rents.

Ces massifs peuvent être composés d'une multitude d'arbres ; nous allons en désigner quelques-uns propres à cet usage. Deux ou trois essences au plus doivent entrer dans la composition d'un massif, encore l'une de ces essences doit-elle dominer fortement les autres. Le tilleul et le maronnier, le chêne et le charme, l'aylante et le sycomore, le hêtre et l'érable, produiront des groupes gracieux dont le feuillage épais se dessinera parfaitement sur les lointains et les repoussera vigoureusement.

Une forêt, un grand bois s'offrent-ils à l'horizon ? que quelques arbres isolés, aux formes décidées, au feuillage clair, tels que le frêne, le peuplier d'Italie, viennent voiler cette forêt en se détachant sur elle; quelques touffes de bouleaux et de trembles ajouteront à l'effet par leurs masses de feuillage blanchâtre.

Avez-vous dans le voisinage de l'habitation quelque objet d'un aspect désagréable ? dérobez-en la vue par la plantation d'une forêt, c'est-à-dire d'arbres de haute futaie : tous les grands arbres forestiers indigènes, toutes les variétés du chêne, de l'érable, du frêne, de l'orme et du hêtre, tous les arbres résineux de grande espèce, tels que les pins, les cèdres, les sapins, les mélèzes ; quelques arbres exotiques actuellement naturalisés, tels que les micocouliers de Provence et de Virginie, les noyers de France et d'Amérique, et les platanes peuvent entrer dans sa composition. Les bords doivent en être majestueux et présenter de suite à la vue la forme des beaux arbres qu'elle contient ; quelques buissons seuls peuvent s'y montrer çà et là.

Dans un terrain de peu d'étendue, on forme seulement un bocage dans lequel on peut mélanger quelques arbres à fleurs, tels que les féviers, le robinier, le plaqueminier de Virginie, le catalpa aux larges feuilles, le bonduc, et le broussonnetier dont le feuillage varié ornera le bord des chemins.

Une ruine intéressante, le cimetière d'un village se trouvent-ils sous vos yeux ? que les massifs qui les avoisinent semblent prendre part aux sensations que leur vue vous fait éprouver. Ne placez de ce côté que des arbres aux teintes rembrunies : l'if et le sapin formeront le fond des massifs, quelques cyprès isolés et quelques saules pleureurs compléteront la scène.

Si la ruine est dans le terrain même, que ces massifs, de loin, la dérobent aux regards ; que son abord soit embarrassé de ronces et d'églantiers ; que les arbres qui l'environnent soient garnis de lierre ; qu'elle-même reçoive quelques plantes dont le hasard seul semblera l'avoir ornée ; le lierre, la campanule pyramidale, les joubarbes, les saxifrages, la corbeille d'or, la giroflée et la valériane des murailles sortiront de ses crevasses.

Une rivière, un ruisseau, traversent-ils votre propriété ? em-

bellissez leurs cours par de nombreux accidents : qu'ici le rivage escarpé et resserré force le courant à devenir rapide et
tumultueux ; que des blocs de rochers l'embarrassent ; que le
bocage qu'il traverse soit formé d'arbres très-rapprochés et
liés pour ainsi dire l'un à l'autre par des buissons et des brous-
sailles : l'aubépine, le prunellier, l'églantier, le troëne s'y
multiplïeront à loisir, tandis que, au-dessus de leurs têtes,
l'aune, le peuplier, le cyprès de la Louisiane et le cyprès faux
thuya élèveront majestueusement leurs cimes, et que les saules et le tupélo aquatique marieront leurs branches d'un bord à
l'autre. Les sentiers, dans ce bocage, doivent se tenir à quelque distance de l'eau, dont le bruit frappera d'autant plus les
promeneurs, qu'ils en connaîtront moins la cause. Quelques
bancs, placés çà et là, inviteront à se reposer pour jouir de la
fraîcheur du lieu.

En sortant de ce bocage, l'onde plus tranquille serpentera
dans une clairière pour aller se perdre sous un pont rustique ;
plus loin encore, ses rives, s'abaissant tout à coup, la laisseront
s'étendre en liberté pour former un beau lac où les bois et les
fabriques viendront réfléchir leurs images. Ceci toutefois doit
s'entendre d'un lac d'une grande étendue. Sa vaste surface
deviendrait monotone, si la réflexion des objets dont ses bords
sont ornés, quelques îles montrant la verdure dont elles sont
couvertes, enfin les bords profondément découpés s'avançant

dans l'eau comme de longs promontoires, ne venaient pas en rompre l'uniformité.

Ses bords seront garnis de plantes aquatiques qui en doubleront les charmes : le nénufar y étalera paisiblement ses larges feuilles, le butome jonc fleuri ses jolies ombelles ; la fléchière, les joncs, les prêles, les roseaux, surtout le ruban et le panaché, l'iris des marais et la populage y montreront tour à tour leurs jolies fleurs.

Votre lac, au contraire, offre-t-il peu d'espace ? que les plantations s'en éloignent, que le ciel seul y mire son azur, que ses bords ne s'élèvent que par une pente insensible ; que les arbres des environs soient peu élevés, que leur feuillage soit peu touffu, d'une teinte grisâtre ou très-claire. Les tamariscs d'Allemagne et de Narbonne, quelques bouleaux, quelques trembles, les chamœcerisiers de Tartarie, xylostéon, ou des Pyrénées, rempliront parfaitement ce but.

Une muraille vous gêne la vue ; si le défaut d'espace empêche de la couvrir par un massif, plantez du moins au-devant une sorte de palissade verte. Le jasmin jaune, surtout si l'exposition est chaude, le charme, le troëne, devront la composer. Que ces buissons touffus y conservent leur caractère et leurs formes naturelles ; ne les taillez qu'autant que des vides se feraient sentir, et seulement dans le sens nécessaire pour les remplir. Si le vide paraissait trop grand, mieux vaudrait

39

planter un buisson de plus ; mêlez-y comme variété, selon l'exposition, l'aubépine, le groseiller stérile, le syringa, les filarias,
l'arbousier raisin d'ours et quelques lilaṣ.

L'exiguité de l'emplacement vous ôte-t-elle encore cette fa-
culté? la seule ressource qui vous reste est de couvrir le mur
de plantes grimpantes ; le nombre en est heureusement fort
grand, et peut devenir, selon l'exposition, extrêmement varié.
N'allez pas pour les soutenir appliquer sur le mur, comme on
le fait ordinairement, un treillage de bois, ses baguettes se
montreraient malgré tous les soins que vous pourriez apporter
à les couvrir. Le lierre, par les radicules qu'il implante dans la
muraille, se soutiendra de lui-même. Quelques clous un peu
forts, entre lesquels vous tresserez un léger grillage de fil de
fer, dont les mailles pourront avoir un à deux décimètres de
côté, suffiront parfaitement pour toutes les autres. Les branches
des plantes suivront fort aisément ses fils en diagonale ; et
d'ailleurs leur finesse les dérobera naturellement à la vue. On
pourra, pour plus de solidité, les préserver de la rouille par
une peinture galvanique recouverte d'une couche de vert.

L'exposition, comme nous l'avons dit, entre pour beaucoup
dans le choix des plantes qui peuvent tapisser les murailles. Le
lierre seul vient de tous côtés, encore n'offre-t-il au midi qu'un
aspect desséché et rabougri. Placez-le donc dans l'ombre, au
nord, où il poussera vigoureusement ; joignez-y le corchorus,

charmant arbrisseau du Japon, qui, si la gelée n'est pas trop forte, vous offrira pendant tout l'hiver ses jolies feuilles vert tendre, comme ses rameaux et ses nombreuses fleurs jaunes semblables à de petits pompons. La vigne vierge, le houblon, les bignones grimpants, les aristoloches, le célastre grimpant, les chèvrefeuilles, les clématites, les ipomées, les haricots à fleurs, les gesses, et même, si l'exposition est chaude, les doliques et la grenadille bleue aux fleurs si nombreuses et si singulières, rendront votre choix embarrassant. La nature du sol, de l'exposition, et l'effet que vous désirerez produire, devront seuls vous guider.

Un mot maintenant sur les fabriques qui peuvent contribuer à l'embellissement d'un parc ou d'un jardin ; nous examinerons ensuite l'emplacement le plus convenable à donner aux cultures économiques.

Dans un parc très-étendu, comme dans un jardin de moyenne grandeur, les fabriques doivent avoir toujours un but d'utilité. C'est à ce point surtout que l'artiste qui dessine un jardin doit apporter tous ses soins.

Dans les grands parcs, une ferme avec tous les bâtiments accessoires, ses granges, ses celliers, ses étables, ses bergeries, l'habitation du fermier et celle de ses employés, deviennent autant de motifs de fabrique. L'activité continuelle de la ferme donne de la vie aux paysages. Les travaux des labours, des se-

mailles, de la fenaison, des moissons et des vendanges, seront
autant de tableaux animés qui vous procureront chaque année
de nouvelles jouissances.

Dans un jardin moins étendu, cette ferme ne peut trouver
place ; le nombre des fabriques est nécessairement réduit. La
maison du concierge, celle du jardinier, le hangar qui abrite
ses outils, la buanderie, les écuries, le cellier, quelques jeux
de bague, de balançoire, sont, avec une chapelle, autant de
fabriques dont une bonne disposition doublera l'agrément.

Les serres chaudes et l'orangerie sont les constructions les
plus difficiles à bien placer ; le besoin de les tenir dans le voisinage de l'habitation, celui de leur exposition au midi, enfin la
présence des bâtiments accessoires qu'ils nécessitent, étaient
autant d'obstacles à une disposition agréable. Cependant l'u-
sage de la fonte dans leur construction permet de leur donner une apparence grandiose, témoin les magnifiques pavillons destinés à cet usage au Jardin des Plantes de Paris, dont
notre gravure représente les plantations intérieures.

Sans vouloir, dans un jardin borné, imiter ces grands effets,
ne pourrait-on pas, au-devant d'une habitation, disposer une
terrasse dans le genre de celle que nous avons dessinée chez
M. Panckoucke? Les pavillons chinois seraient remplacés par
de magnifiques serres construites en fonte et décorées à peu
près dans le même goût que ces pavillons. Sur la terrasse, vis-

à-vis des fenêtres de l'habitation, viendraient se placer, pendant toute la belle saison, les caisses d'orangers, de grenadiers, de lauriers et d'autres grands arbres d'orangerie, à l'ombre desquelles on placerait, dans l'ordre de leurs grandeurs respectives, les arbustes et les plantes plus délicates. Puis, sous les fenêtres même de l'habitation, la nombreuse famille des plantes grasses viendrait étaler librement au soleil ses tiges aux formes si variées et ses fleurs si brillantes. Par cette disposition, la serre embellirait l'habitation; elle pourrait même communiquer avec elle par son extrémité, et les bâtiments accessoires se trouveraient rejetés en arrière et pourraient avoir leur entrée sur la basse-cour où se déposent ordinairement les engrais, ce qui est presque indispensable.

Les autres constructions, que nous avons indiquées comme des motifs de fabrique, peuvent être disposées selon les besoins du terrain et le goût du propriétaire. Cependant leur décoration doit être, autant que possible, analogue à leur usage, ou tout au moins avoir l'apparence de la nécessité.

Une fabrique qui produit un très-bel effet, et qui, dans les terrains où le manque d'eau se fait sentir, peut rendre de très-grands services, est un moulin à vent placé au point le plus élevé du terrain. Une pompe ménagée dans son intérieur, et que les ailes mettront en mouvement, élèvera continuellement l'eau d'un puits jusqu'au réservoir placé dans le pied même du moulin, d'où, par un conduit souterrain ou apparent, elle se portera d'elle-même dans toutes les parties du jardin où sa présence sera nécessaire.

Dans les terrains traversés par un courant, une machine hydraulique ayant la forme d'un moulin à eau pourra remplir le même but. Ces deux sortes de fabriquè, par leur mouvement continuel, animent le paysage.

Une seule chose nous reste à indiquer : c'est l'emplacement des cultures économiques. Dans les grands parcs qui contiennent des fermes, ces cultures trouvent facilement leur place ; mais il n'en est pas de même dans les jardins de peu d'étendue où les plantations sont nécessairement limitées. Dans ces jardins, les pelouses les plus voisines de l'habitation offriront aux regards un joli gazon mélangé de trèfle, dont la coupe régulière offrira aux bestiaux un fourrage sain et abondant ; les autres pelouses seront traitées et garnies comme les prairies artificielles. Ailleurs les légumes, les céréales et les racines, cultivés en grand, occuperont toutes les parties de terrain ménagées entre les massifs.

Le potager seul, avec ses cultures soignées qui nécessitent son exposition au midi, ou tout au moins à l'est, offre plus de difficultés. On le place ordinairement à l'extrémité du terrain, dans l'une ou l'autre de ces directions. Un mur, dérobé à la vue par les moyens indiqués plus haut, le sépare du reste du terrain, et ce mur, par son exposition, offre une grande ressource pour adosser des espaliers, sans lesquels on ne peut avoir de beaux fruits.

. Quant aux arbres fruitiers dits de plein vent, autrefois bannis des jardins et relégués au fond d'un verger souvent très-éloigné de l'habitation, ils occupent maintenant dans les jardins naturels la place que leur marquaient comme ornement leurs belles fleurs blanches ou rosées, répandant au printemps une odeur si suave, et leurs fruits magnifiques aux couleurs et aux formes si variées.

Placés dans tous les points où le soleil peut les échauffer suffisamment, ils ne sont assujettis à aucune autre taille que celle que le bon goût indique, la seule d'ailleurs qui soit permise dans un jardin naturel et à laquelle on soumet tous les arbres qui le composent; c'est l'enlèvement du bois mort, et parfois le sacrifice de quelques branches dans les parties d'un arbre où leur nombre peut faire craindre leur étiolement.

En résumé, dans la composition d'un jardin naturel, l'art doit venir en aide à la nature, mais il ne doit jamais se montrer à découvert; c'est un accessoire obligé qui ne doit jamais prendre le rôle principal; nous venons d'énumérer à peu près tous les cas où son emploi devient nécessaire. Nous ne prétendons pas cependant avoir indiqué tout ce qui était bon et utile; mais nous avons la conviction qu'un jardin établi d'après nos

conseils, s'il n'a pas toute la magnificence que l'on peut en obtenir, offrira du moins à son possesseur une retraite paisible et
pleine de charmes.

TABLE DES MATIÈRES.

FIN DE LA TABLE.

PLACEMENT DES GRAVURES.